鳥助 Torisuke

anya

TOブックス

CONTENTS

第一章 転生難民は冒険者を目指す

tensei nanmin syojo ha
shiminken wo ZERO karamezashite
hatarakimasu!

第二章 冒険者ランクF

Illust. nyanya
Design AFTERGLOW

転生難民は冒険者を目指す

tensei nanmin syojo ha
shiminken wo ZERO karamezashite
hatarakimasu!

1　親は敵

ある日突然、十才の私に前世の記憶が生えてきた。

睡眠から意識が戻るとおぼろげな前世の記憶を思い出したのだ。普通の会社員として働いていたもので、楽しみのない人生だったと思う。ただ毎日を無駄に消化していく思い入れもない日々。それだけの記憶。その後どうなったのか、どうやって死んでしまったのかは分からない。ただ、私に無駄に生きていた前世があったことを思い出した。

土の上に枯草を敷いただけのベッドの上でだ。

（できれば思い出したくなかった）

深い溜め息を吐く。無駄に生きていたけど普通の暮らしの中で生きていた記憶なんて思い出したくない、今との落差がありすぎて辛くなるだけ。だって、今の私の生活はド底辺の中のド底辺だから。

まずは私が置かれた状況を整理しよう。私は何者か、難民だ。難民にも色々いる、戦争で故郷を追われた人、魔物の暴走（スタンピード）で故郷を追われた人、災害で故郷を追われた人、税金が払えず故郷を追われた人などなど色々ある。私の場合はスタンピードだった。

物心ついた時には難民集落で私は暮らしていた。親がスタンピードで故郷を追われ、この集落に流れ着き、そのまま暮らすことになったらしい。

なぜ、私がそんなことを知っているのかというと……親が頻繁にそんな愚痴を私に言って聞かせたからだ。しかも、時々鬱憤を晴らすかのように殴られもするから精神的にも肉体的にもきつい。今の境遇に悲観するのは分かるが、私に当たらないでほしい……なんて理不尽なんだ。

スタンピードで滅んだ町の生活はいいものだったのだろう。こんな町の中にも入れないド底辺の中のド底辺に移り住み、心が荒むのも分かる。だが、ずっと荒み切っているだけで現状を変えようとは思わないのだろうか。何年も経っているのに、我が家庭内の状況は好転していない。

でも、これからは違う。今までの私は親に恐怖して怒らせないように黙って家にいるか、外で暇をつぶすだけの日常だった。私も悲観しすぎて何も行動を取っていなかったが、前世の記憶も生えてこうしちゃいられないと強く思った。単純に生活の落差がありすぎて我慢できないだけだけどね。

大きな目標はまだ分からない。でも、小さな目標ならたてられる——生活向上だ。

仰向けに寝そべっていた体を起こして自分の体を観察する。土ぼこりまみれの体、配給されたボロボロの七分丈のシャツ、配給されたボロボロの長ズボン。肩を越したくらいの長さの茶髪に茶色い目。これが今の私の姿。

衣服は配給があった時くらいしか手に入らないので、こればかりはどうにもできない。後は自分で稼ぐしかないのだが、そこまで重要ではないので後回しにしておこう。

薄く敷いた枯草が私のベッドだ、地面と変わらないがあるだけましだろう。隣を見ると明らかに私より枯草が盛られている寝床がある、これが両親のベッドだ。私は地面を覆うだけの量なのに、この扱いの違いが悔しい。

いっそのこと木のベッドを作ってみたらどうだろう。いや、あの両親のことだ……作ったら作ったで壊すか横取りくらいはしてきそうだ。もし、自分のベッドが欲しいならば両親のベッドを作ってからになる。そんな労力を両親にかけたくないので、寝床は草の補充だけでよさそうだ。すぐにもできそうだね。

最後に食事。食事は一日二回、朝と昼に配給されるが貰えるのはどちらかの一回だけ。難民集落の女衆が作ってくれていて、二回受け取りに来ないかと目を光らせている。もし、二回受け取りに行った時は他の難民から袋叩きにされるから誰も行かない。

食材は月に一回領主さまから配給される。そう、見捨てられていないのだ。近くの町から食材が運ばれ、難民集落の倉庫で厳重に保管されるみたい。盗んだりしたら袋叩きじゃすまないかもね。

でも、一日一回の配給じゃ物足りない。物足りない人は森に入って食べ物を探したり狩りをしたり、三十分歩いた先にある川で食べ物を探したりとったりしている。私も食べ物を探しに行かないとダメね。力をつけないと何もできない両親みたいになっちゃうから。食料問題は早めに動いておこう。

そんなことを思っていると、1DKの掘っ立て小屋(我が家)の外から両親が帰ってきた。その手には配給されたスープと小さな芋を持っているけど、自分たちの分しか持ってきていない。その両親が虚ろな目でこちらを向く。

「ちっ、死んでたんじゃねーのかよ」

「早く死んでくれたらいいのに」

はい、この通りでございます。舌打ちをして、すごく嫌そうな顔をされました。肉親の情とかはないですね、ひたすら鬱陶しがられている実子です。

小さな頃はここまで酷くなかった。強い喪失感で無気力だった両親は私のことはほったらかしにして寝て、起きて、配給を食べて、ボーっとするだけ。

だが、数か月前からだろうか、両親が私を罵り叩き始めたのは。どんな心境の変化があったのかは分からない。私の知らないところで集落内で何かあった可能性もある。私にとって唯一の味方である両親が敵となり、人生がハードモードになってしまった。

両親は私がいる部屋とは違う部屋に座り、ズズズッと音を立ててスープを食べ始めた。良かった、今日は殴られずにすんだ。多分、食事を持っていたから手をだせなかったんだろうなぁ。

そんな両親の背を見ながら私は立ち上がった。昼の配給が始まったのなら、早く取りに行かないとなくなってしまう。私は部屋の隅に置いてあった椀を取ると、そーっと出入口に移動する。

「行くんなら早く出ていけ、目障りだ！」

「もう戻ってこなくていいわよ、煩わしい」

移動するだけでこれですよ、もう。私だって帰りたくない、だけどここしか寝床がないんだから仕方ないじゃん。言い返したい気持ちをぐっと堪えて外に出て行った。

2　難民集落

家から出た私は配給が受けられる広場まで歩いていた。周りを見てみると配給の匂いに釣られた難民たちがフラフラとした足取りで歩いているのが見える。どの人も私と変わらないボロボロの服装。私と違うところと言ったら顔に生気があるかないかの違いだろう。

でも、よくよく見たら他の違いに気づく。まだここに移り住んで日が浅い人の顔は絶望に染まっていて、移り住んで月日が経った人は無気力な顔つきをしていた。色々な人がいる、だけど昼の配給は無為に過ごす人ばかりだ。

逆の人もいる、なんとかこの状況を脱しようと努力している人たちもいる。その人たちは朝の配給を食べると、一番近くにある町まで行って日雇いの仕事をして日銭を稼いでいるらしい。お金は集落内では必要ないけど、いずれここを出て行くためには必要だ。

だからこの集落は入ってくる人ばかりではなく、出て行く人もいる。私はどっちがいいのだろう。出て行くならお金を稼ぐ手段を見つけなくてはいけない。必要なものも沢山あるだろうし、簡単には動き出せない。

何ができるのか分からないけど、しっかり考えて一歩ずつ進んでいこう。そのための土台づくりとして生活向上を目指して行動するのがいいよね。

そんなことを考えていると私は広場まで辿り着く。そこでは大鍋を取り囲んで数名の女衆が食事の配給をしていた。難民は椀を持って二列に並び大人しく待っている。私はその列の最後尾に並んだ。

この集落は森に囲まれていて、三十分ほど歩いた先には川も流れている。住んでいる数はおよそ四百人程度、子供からお年寄りまで様々だ。難民とはいえパーソナルスペースは欲しいので、みんなが掘っ立て小屋を建ててその中で雨風を凌いでいた。

森には食べられる木の実などの植物があり、動物も様々いる。領主さまから配給があるとはいえ、満足な量は貰えないので難民たちは協力して森や川で食料を調達している。

それもそうだ、満足な量を与えてしまえば今の状況に甘んじてしまい動かなくなるのが人間だ。生かさず殺さず、難民の数をいい面でも悪い面でも減らしていこうとする、これが現状での難民の扱いだった。

難民の数を調整するためか、時々役人が見に来る。町には入れないけど、難民の労働力を捨て置くことはできないらしい。領主さま主導で移住先の斡旋をしてくださっているらしい。普通なら我先にと食いつく話なのだろうが、残っている難民の数をみればその話に旨味がないのが見て取れるだろう。

斡旋先が町であったら良かったのだが、どれも農村だった。一から畑を作らなくてはいけないらしくとても手間がかかる。ノウハウがない中でよそ者に手を貸してくれる村人が果たしているだろうか。なので斡旋を受ける人は農村出身者か集落に嫌気が差した人くらいしかいなかった。

私でも多分受けないと思う。開墾してからの畑を耕す、この工程ですでにアウトだ。どれだけの労働力がいるのか分からないし、たとえできたとしても作物を育てる知識も経験もない人が簡単に畑などできないだろう。

　こうして考えてみると、手に何らかの職をつけ町で暮らした方がいいと思った。その職をどうするかが問題だけど——。

「次」

　あ、私の番が来た。そそくさと椀を女性に渡すと、代わりに小さな芋を渡される。

「リル」

　はい、私の名前です。

「なんでしょうか」

「あんたのお母さん、最近手伝いに来ないいんだけどどういうことだい？　みんなで協力して食事を作るはずなんだけどねぇ。数日に一回のこともできないはずがないだろう？」

「……すみません」

「さっきも言ってやったんだけどさ、顔顰めるだけで何にも言い返してきやしない。あの人、なんなんだい」

　そういえば、最近ずっと家にいることが多いなって思っていたらそういうことだったんだね。

「あとお父さんもなんだけど、川への水汲みと狩りをしなくなって困っているんだよ。負担はそんなにないんだけど、気持ちいいもんじゃないのは分かるだろ？」

「はい……」

まさか、お父さんまで何もしなくなったなんて。このままでは風当たりが強くなって生活向上を目指せなくなってしまう、なんとかしなければ。

「あのっ、今度から私がお手伝いに来ても大丈夫ですか？」

「リルが？」

「水運び、食料集め、料理のお手伝いなんでもします。お父さんとお母さんの代わりになるように頑張ります」

「……はぁ、あんたの両親は一体どうしちまったんだろうね。分かった、両親の代わりにリルがしっかりするんだよ」

「はい」

「さっそくで悪いんだけど食事が終わったら水瓶に川の水を入れておくれ。二往復くらいお願いできるかい」

「分かりました」

そう言い終わると野菜と干し肉（欠片も入っていない）のスープを入れた椀が手渡される。私は深々と礼をしてその場を離れた。

少し離れた地面に座ると、深くため息を吐く。

「まさか、お父さんとお母さんが何もしなくなっていたなんて」

由々しき問題だ。この難民集落は協力し合って存続できているので、何かしら協力するのが暗黙の了解になっている。たとえ絶望していても無気力でも何かをしないとここにはいられないのだ。

それをとうとう私の両親が破ってしまった。

こういうことには集落内はとても敏感で、あっという間にこのことは広まってしまうだろう。そうなってしまったら家族全員が村八分になる。もしかしたら集落追放にもなりかねなかった。これ以上ド底辺になるのは嫌だ。

生活向上なんて言ってられなくなってしまった。生活向上なんかよりこっちのほうが優先だよ。流石にこれ以上敵対する人をつくるのは得策ではないし、命に係わる重要な件だ。

集落内での印象がこれ以上悪くならないためにも少し多めにお手伝いをするのがいいだろう。普通なら六日に一度くらいで大丈夫だが、四日に一度のお手伝いをしようと思う。今まで手伝わなかった分も合わせて多く請け負うつもりだ。

十才の体でどれだけできるかは分からないが、できるところからコツコツと手伝いをして信用を勝ち取らないと明るい未来はない。よし、まずは信用獲得だ。

小さな芋をかじってしっかりと咀嚼すると、最後の一滴までスープを大事に飲み干した。

3 川へ水汲みに

配給を食べた私は取っ手のついた水桶を持って川へと向かっていた。私は歩きながら食料を探す。森の中を注意深く進みながら、転ばないように歩いていく。

木の実がないか茂みを観察して、キノコがないか木を観察している。失った信用を獲得するため水汲み以外の仕事もこなしていこうと思う。あとは少しでも具の入ったスープを飲みたいから、という欲望も入っている。

辺りを見渡しながら進んでいくと、木にキノコが生えているのを見つけた。やった、食べられるキノコだったらいいな。

駆け足で近づいてみると、焦げ茶色でヒダヒダしているキノコが生えていた。これは見たことがある、名前は知らないけど食べられるキノコだ。私の顔半分くらいある大きさのキノコを両手で包み込んで、揺らしながら優しく引き抜く。

少しだけ木の中にキノコが残っちゃった、失敗しちゃった残念。採ったキノコを水桶の中に入れると、近くの木に他にもなっていないか見回る。一つキノコが見つかると、同じキノコが近くにあることがあるからだ。きっとキノコの菌が他の木に移るからだろう。

注意深く見回っていると、また発見した。今度のはさっき採ったキノコと比べると少し小さい、ちょっと残念。

今度は失敗しないように丁寧に丁寧に抜き取る。と、今度は跡が残っただけで上手に採れた。嬉しくなってちょっと笑顔になる。

「ふふっ、今度も綺麗に採れたらいいな」

こういうのって綺麗に採れると気持ちいいよね、気分も上々だ。この調子で沢山の食料が見つかればいいな。

そうやって森の中を進みながらキノコを採取していった。

あれからキノコを二回見つけてようやく川まで辿り着いた。川の周りは大小の石が転がっておりとても歩きにくい。このまま川の水を汲もうと考えた時、あることに気がつく。

水桶の中にキノコを置いていることを忘れていた。このままでは一番重要な水を汲めなくなってしまう。あー、考えもなしに採ってしまった。

「あっ、しまった」

このキノコを捨てる選択はなく、どうにかして持って行かなくてはいけない。腕を組んで考えていると、はっと思い付いた。そうだ、肩掛けの籠を作ってしまおう。

私は来た道を戻り森のそばまで近づいた。周囲を見渡していると、必要となるものを見つけた、蔦だ。水桶を置き、蔦を手繰り寄せて引き抜く。それを何度か繰り返すと数本の長い蔦が手に入った。

「よし、編み込もう」

その場に座り込み、蔦を掛け合わせて編み込んでいく。蔦を掛け合わせるとくるりと巻き込み、また違う蔦を掛け合わせてくるりと巻き込んでいく。正しいやり方は分からないが、とにかくキノコが持ち運べる形を整えていく。

せっせと編み込んでいくと次第に形ができてくる。ちょっと不格好だし、編み込みがあまくて穴が大きな部分もあった。それでもキノコが落ちるほどの穴ではない。確認しつつ籠の形を目指していく。

そうして採ってきた蔦を全て使い切り、即席の籠ができた。

「ふぅ、これでどうかな」

最後に肩掛けの蔦を繋げてっと……完成だ。私の頭くらいの大きさで格子状の籠ができた。初めの所は穴が大きくなっているけど、問題なさそうだ。初めて作った割には上手にできたんじゃないかな、やったね。

早速水桶に入っていたキノコを籠の中に移し替えていく。全部納めて持ち上げて揺らしてみる、全然落ちてこない、成功だ。また嬉しくなって顔がニヤけてくる。何かが上手くいくと気持ちがいいね。

私はその籠を肩にかけて後ろに回す。すると、籠が腰に当たる。いい感じの長さになったと思う。とりあえず、このまま使ってみてだめだったらもう少し加工しておくのがいいかな。

よし、これで水を汲むことができる。再び石がゴロゴロある場所を転ばないように慎重に歩いていく。川に近くなると石の形が小さく揃ってきて大分歩きやすくなった。

川に靴のまま入り、水桶を傾けて水を入れて持ち上げる。うーん、そこそこ重い。うんしょうんしょ、と川から上がり一度石の上に置く。見た感じ四、五リットル入ってそうだ。

これを三十分かけて持っていくのは結構な重労働。できるだけ零さずに持っていくにはさらに神経を使いそうだ。水汲みって大変な仕事だったんだ……いや、だからこそやるべきよ。こんなところでめげてなんかいられない、生活がかかっているのよ。

「ふぅー、よし行きますか」

両手で掴むと持ち上げる。こんなところでへこたれてられない。信用を獲得して、今度こそ生活向上を目指すんだから。

◇

あれから一時間が経った。結局三十分では広場まで辿り着けなかった。

「はぁー、やっとついた」

水汲みの仕事は辛い。重たいものを長時間持って歩くのがこんなに大変なことだったなんて、甘かったわ。水が零れないように神経を集中するのも疲れた。大人ばかりこの仕事をしていた理由が分かった。

一息つくと広場の端に歩いていく。そこには簡単な屋根のついたかまどと水瓶が置いてある。いつもこの場所で配給のスープを作ったり、芋を茹でたりしているの。

水瓶の蓋を開けると力を振り絞って水桶を持ち上げ、零さないようにゆっくりと水を中に入れていく。うぅ、腕が辛い……でもあともう少しだ。しばらくすると水桶に入っていた水を全部入れることができた。

「ふぅ、あとは採ってきたキノコね」

水瓶の蓋を閉め、水桶を一旦置いてすぐ目の前にある食料倉庫まで歩いていく。そこには見張りのおばあさんが座っており、ボーっと宙を見上げていた。私が近づくとはっと我に返りこちらに顔を向けた。その表情は警戒するかのように少し険しくなっている。

「何か用かね」

「あの、これ採って来たんで明日使ってください」

腰に回していた籠を取って目の前に差し出す。

「あー、分かった。ご苦労さん」

素っ気ない態度でさっさと籠の中からキノコを取り出す。そうして食料倉庫の扉を開けて中に入って行く。

両親が集落の仕事を手伝っていない影響は思ったより深刻だ。集落内では情報が広まっているのだろう、これほどに人当たりが冷たくなってしまっている。

現実を目の前にして心細くて胸が締め付けられた。でも、こんなところで負けるもんか。

ギリギリのところで前世を思い出して良かったのかもしれない。力を振り絞るように手を握り締めると、水瓶の近くに置いた水桶に近づいていく。水汲みはあと一回だ、しっかりと仕事をやりきろう。

私は再び川へ向かって歩き出した。

4　草を刈ってベッドを盛る

水汲みの翌日、私は生活向上の行動に移った。

まずできることはベッドにもふもふ感を得ることだ。私のベッドはむき出しの地面に薄くばら撒かれた枯草の上。ほぼ地面と変わらない硬さという悲しい現実。そこで、草を刈ってそれをベッドの上に敷き詰めようと思う。これで硬い地面からおさらばできると信じている。

さて、草を刈るために必要なものがある、鎌だ。ここは難民集落、鉄道具すら貴重品でこれも一か所に集められて管理されている。配給された大事な道具だ、当然こちらにも日替わりで見張りもいる。

昼の配給を食べ終え、道具が保管されている掘っ立て小屋に辿り着くと一人のおじいさんが地面に座っていた。

「すいません、鎌を貸してください」

私が声をかけるとようやく顔と顔が合う。だが、その見張りのおじいさんは私を見るなり怪訝な顔をした。

「リルか……すまんがおまえさんには貸せないな」

「えっ。もしかして、両親が原因ですか？」

「そうだ。リルの両親が手伝いをしないのは集落として非常に困っているんじゃよ。そんな家族に貸せるものはない」

「そうですか……」

ここでも両親のことが話に出てくる。両親が手伝いを止めたのは大分前なのだろうか、憎悪が思った以上に積もっているようだ。

何もできなかったことが悔しくて手を握り締めた、その時。

「じゃが、昨日からリルはお手伝いを始めたんじゃろ。貸してほしければ、一週間くらい水汲みの手伝いをしなさい」

「……ダメじゃ、ないんですね。ありがとうございます、私頑張ります」

救いの言葉に私は縋りついた。おじいさんの話を真剣に聞き、強く頷いてみせた。

「わしらはちゃんと見ているからな。悪いことも、良いこともじゃ」

「分かりました。両親がご迷惑をおかけしました」

私は深々と頭を下げて、その場を後にした。向かう先はかまどの傍にいる女衆のところだ。事情を話して水汲みをしなければ。

失った信用を取り返すのは大変だ。信用がなければ道具も借りれない、道具が借りれないと生活向上なんて夢のまた夢だ。改めて自分が、自分たち家族が置かれた状況を理解できた。
中々思うように進まなくて悔しいな。おのれ、両親め……いつかギャフンと言わせてやる。とにかく今は私がしっかりしないといけない、絶対に負けるものか。
私は空腹と疲労に耐えながら一週間の水汲みをした。大人に交じって水汲みをしていると嫌でも視線が子供の私に集まってくる。労りの言葉なんてない。むしろ当然の結果だという冷めた目で私は見られていた。
もしかしたら、私が動かなければ集落会議にかけられて、集落追放になっていたかもしれない。こんな集落でも生きていくのに必要最低限のものはある、大切な場所だ。追放された時のことを考えるとゾっとしてしまう。

前世の記憶を思い出さなければ、本当に危ない所だった。

だけど、水汲みを一週間続けると嫌な視線がなくなり、和らいだものになってくれた。おじいさんの忠告は正しかったようで、良いことをすればちゃんと見ていてくれている。

今度からは自分のことだけでなく周りのことも手をかけたほうがいいと実感した。ここでは一人で生きている訳じゃないから、私も誰かのために動かなきゃダメだよね。

そして、約束通り一週間の水汲みを終えて再び倉庫の前に来た。そこには前と同じおじいさんが座っている。おじいさんがこちらに気づくと、表情を少しだけ緩めてくれた。

「リルか、話は聞いているぞ」

「はい。あの、それで……」

「あぁ、確か鎌だったたな。ちょっと待っていなさい」

何も言わなくてもおじいさんは動いてくれた。よっこらしょ、と立ち上がると倉庫の扉を開けて中に入って行く。しばらくすると、片手に鎌を持って現れた。

「しつこいようだけど、お手伝いはしっかりと続けるんじゃよ。ここは誰もが協力しあってこそ生きていける集落だ。あの両親がやらないのであれば、リルがしっかりするんじゃ。分かったな」

「はい、分かりました」

「不安だろうが、おまえさんはできることをきちんとやりなさい」

真剣に話してくれて、私も身が引き締まった。水汲みは大変だったけど、おじいさんのお陰で集落内の視線が痛いものじゃなくなったのはありがたかった。

差し出された鎌を大事に受け取ると、深くお辞儀をしてその場を後にする。

よーやく、よーーーやく借りれました、鎌！

本当に水汲みは大変で、毎晩お腹をすかせて寝ていたのが何よりも辛かった。水汲みの最中に木の実を採ってなんとか飢えをしのいでいたから頑張れたんだけどね。

自分のことも大事だけど、信用はもっと大事だと気づかされた。信用があるのとないのとでは生き辛さが全然違うことに気がついたの。本当に穴が空くんじゃないかって思うほど、水汲みの時は監視されていたんだと思う。私の人生のメモに書いておこう、信用第一。

借りてきた鎌も傷をつけないように注意しないと。村の大事な道具を借りているわけだし、丁寧に扱わないとね。

「よし、やりますか」

家の裏手に回ると三十センチほどの雑草が一面に広がっている。これらを刈れば、今日の寝心地は格段に良くなるだろう。

本音を言えば枯草にしてから敷き詰めたかったが、枯草になるまで待っていられないほどこの体の疲労は溜まっている。今日こそはフカフカの草の上で寝てやるんだから！

「ふん」

腕まくりをしてしゃがみ込む。草を掴んで根本に鎌の刃を当てて引き抜くと、スパッと草が切れた。

「ふぁー、なんか気持ちいい」

思わず間抜けな声が出てしまった。でも、今のは不可抗力だ。草を刈るのがこんなにも気持ちいいなんて知らなかった。

草を掴んで、刃を当てて、スパッ。んーー、やっぱりいい。

草を掴んで、刃を当てて、スパッ。草を掴んで、刃を当てて、スパッ。草を掴んで、刃を当てて、スパッ。

黙々と雑草を刈っていき、刈った草は一か所に集めて置いておく。時間が経っていくと小さな草の山ができ始めてきた。でもこんなんじゃ全然足りない。もっと欲しい、もっと欲しい。

そうして私は草をずっと刈り続けた。

「はぁー、疲れたー。どれくらい溜まった……わっ！」

草の小山がしゃがむ私の頭の高さになっていて声を上げて驚いた。いつの間にかこんなに刈っていたなんて気づかなかった、どうりで腕と手が痛いわけだ。

おそるおそる、小山の草に手を押し当てると――フサァッ。

「わわっ、すごい！」

フサァッ、フサァッ。ビックリするほどの柔らかさに押す手が止まらない。やだ、なにこれ、気持ちいい。草臭いけど。

一心不乱に草の山を押していると、急に我に返った。

「あ、鎌を返しにいかなきゃ」

危ない、遅くなって返しそびれてしまったら折角の信用を失ってしまう。私は草をそのままにして鎌を返すために駆け足でその場を離れた。

鎌を返し終えると、草の山のところまで戻って来た。その頃には夕方になり、辺りが赤く染まる。

「後は草をベッドに敷くだけね」

両手で草山を持ち上げるが半分も持ち上げられなかった。仕方なくそのまま家の入口まで回り込み家の中に入って行く。家には両親がおらず、何か言われることもないのが嬉しい。このまま帰ってくる前までには敷き詰めておきたい。隣の部屋に行き自分のベッドの上にばら撒く。

その作業を三回繰り返すとようやく終わった。地面に座り込み自分の体に合わせて広げて形を整える。広げて叩いて、広げて叩いて。

するとセンチくらい厚さのある草のベッドが完成した。

「ふぁぁぁっ」

これ上に乗ってもいいんだよね、いいんだよね、乗っちゃうよ。

「えいっ」

私は草のベッドにダイブした。フサァッとした感触が体を包み込み、土の硬さなんて全く感じない……大成功だ！

「んふふ～」

草臭いけど、この柔らかさは癖になる。次は食料の調達でもして……あー、このまま寝て――すやぁ。

5　穴ネズミを狩る

今日はお手伝いがお休みの日。何もしないで日がな一日をボーッと……とは過ごせない！　最近自分が置かれている状況が分かってきて、少しでも良くするために働くべきだと思うようになった。信用が大事。両親のせいで我が家族に信用がないのを知り、その状況がどれだけ危険だったのか分かった。両親がダメなら私がやるしかない、今は我慢して少しでも私が信用を勝ち取ろうと思う。信用を勝ち取るために何をすればいいか、それはお手伝いだ。だが、ずっと水汲みだけではダメだと思う。確かに水汲みの仕事は大変だし、手伝えば喜ばれることなのは間違いない。けど、もう一歩進んだお手伝いがしたい。

食料集め、しかも肉の調達だ。森には鹿や猪、鳥やウサギなどの食料となる動物がいる。でも、私は力のない十才の子供だから鹿や猪の大物は仕留められない。経験もないので鳥の仕留め方は分からない。

残ったのはウサギだけど、狩ろうと思えば狩れると思う。だけど、ウサギを狩るよりも喜ばれる動物がいる。それが穴ネズミだ。

穴ネズミは名前の通り、木などの下に穴を掘って暮らしているネズミ。体長は三十センチ～四十センチで、発達した前歯と土を掘るための爪が生えている。繁殖力が強く一度の出産で七匹～十匹を産んで、子供は半年も経たずに成体になるみたい。

嗅覚が優れていて、穴を掘りながら地中にある食べ物を探し出せるほどだ。雑食性で木の実から虫まで様々食べるのだが、この生態のせいで難民から嫌われる。この穴ネズミ、食料倉庫の食べ物を狙っているのだ。

隙を見て食料倉庫の傍から穴を掘って侵入したり、倉庫の隙間を歯でかじって穴を広げて侵入したりしている。見張りの目が緩む夜とかに狙われると本当に厄介で、見かけたら即退治対象になっているくらいだ。

被害が多ければ穴を探して駆除するのだが、今は食料倉庫の周辺に見かけたら退治するか追い払うだけで終わってしまっている。自ら苦労をして穴ネズミを駆除しようとするやる気のある難民はほとんどいないのが現状だ。

これがウサギよりも穴ネズミのほうが狩ると喜ばれる理由。あと、走り回って逃げるウサギよりも比較的退治しやすい。非力で体力がない子供の私が今できる最大の肉の調達方法だ。

捕まえるやり方は至ってシンプル。穴に餌のついた棒を差し込み、餌に枝ごと穴ネズミが食いつく。食いついたら棒を引き上げて、頭が出てきたところを石オノで叩いて気絶させる。

これから穴ネズミを捕まえて狩る道具を作ろうと思う。

「まずは石オノから作ろう」

森から太めの枝を調達しておく。あとは枝に石をはめる穴を開けないといけないんだけど、鉄の道具が必要だ。鎌を借りた倉庫に行くと、今度は以前とは違うおじさんが見張り役をしていた。

「あの、枝に穴を開けたいので、道具を借りてもいいですか？」

「あぁ、穴？　あー……待ってろ」

まだ信用が足りないのか不機嫌な顔をされた。それでも貸してくれるのか面倒くさそうに倉庫の中に入って行く。しばらく待っていると、倉庫の中から持ってきたものは小さな鉄の道具だった。

「ほらよ。ナイフは貸せないが、おまえにはこんぐらいがお似合いだ」

そう言って手渡してきたのは先端が平べったい刃になっている道具、のみだ。正直に言って尖ったナイフとか借りれたら良かったんだけど、仕方ないよね。ちょっとがっかりしつつ、私は深々とお辞儀をしてその場を去る。仕方がない、のみで枝に穴を開けることにしよう。それから小さなのみを使って一日がかりで穴を開けた。

次は石の部分。川に行き、穴に入りそうな長めで少し平べったい石を探していく。探し始めて一時間で丁度いい石を見つけることができたが、穴より少し大きかった。

そこで石と石を擦り合わせて穴に合うように削る作業を始める。これが結構重労働で、子供の力では中々削れずに大変だった。結局この作業に二日かかり、道具作りは四日目に突入する。

最後に枝に開けた穴に石をはめ込む。これも結構重労働で、何度も叩いて押し込んでいく。ピッタリとはまった石は木を叩いても抜けることはなく満足のいく石オノが完成した、嬉しい。

「今度は餌の棒を作ろう」

作り方は簡単。木に登って細い枝を掴んで飛び降りて折る。枝についた葉っぱと小枝を採って、穴に入った時に引っ掛かるところを無くす。後は枝の先端を裂いて、裂いた間にその辺で採ってきたミミズを挟み込む、これで完成。

石オノ作製に四日もかかってしまった。いや、大事な道具作りだから時間がかかっても仕方ないよね。これでようやく穴ネズミの狩りができる。信用獲得、頑張るぞ！

私は石オノを持って食料倉庫の近くから穴ネズミの穴を探し始めた。木の根元を探して、草むらをかき分けて探す。そう簡単には見つからないか、と思っていたら八か所目で穴を見つけた。

早速地面に座り込み、餌の棒を穴の中に入れる。ゆっくり入れていき、棒の端が出入口からギリギリでるところで入れるのを止めた。後は匂いに釣られて穴ネズミが枝ごと食いつくのを待つだけだ。

ジーっと枝を見つめていると、枝が激しく動き始めて奥に引っ込もうとした。だが、そうはさせない！

「よしっ」

両手で枝を掴むと引っ張る。奥の方で穴ネズミが抵抗しているのか結構重い負荷がかかる。負けじと踏ん張って、枝を手繰り寄せていく。

ずるずると枝が外に出されていく。穴を覗くとすぐそこまで穴ネズミが上がってきたのが見えた。穴ネズミはこちらに気づいても餌のついた枝を離そうとはしない。

グイグイと枝を引っ張り、穴ネズミの頭が外に出たところで枝を地面に置いて足で踏み止める。そうして地面に置いた石オノを手にして、穴ネズミの頭目がけて力一杯振り下ろした。

「キュイッ」

ドスッと鈍い音と共に穴ネズミは短い悲鳴を上げて地面に突っ伏した。うつ伏せのまま動かない穴ネズミ。だが、油断は禁物だ。私はもう一発穴ネズミの頭に石オノを振り下ろす。今度は鳴き声は聞こえず、鈍い音だけが聞こえた。

「もう大丈夫かな」

石オノで突いてみてもピクリともしない。いや、足だけがピクピクと痙攣するように動いていた。そこでようやく穴ネズミの手を掴み外へと引きずり出す。

仰向けに転がった穴ネズミはプクプクに太り、肉付きがとても良かった。これだったら食べられるところが多くて喜ばれそうだ。私は嬉しくなってにっこりと笑う。

「さて、あと何匹いるかな」

再び餌の棒を奥まで入れてみる。ジーッと待っていると棒が激しく揺れだした。先ほどと同じように枝を掴んで引っ張り上げていく。穴ネズミの頭が外へ出ると枝を踏み、石オノを二回振り下ろす。それで完了だ。

二体の穴ネズミを並べて置いておくと、どちらも同じような体形をしていた。ここの巣穴は当たりだ。

結局その巣穴では三匹の穴ネズミを捕獲することができた。意気揚々と女衆のところへ持っていくと、少しだけ褒められた。認めてくれたみたいでとても嬉しい。翌日のスープには穴ネズミの肉が入っていて、私のスープには大きな塊が入っていた。

よし、今度は魚に挑戦しよう！

6　魚を捕るついでにカニも捕る

今日は川までやってきた。穴ネズミの捕獲が上手くいったから、すぐに新しい捕獲に挑戦したくなる。それは魚だ。

今まで穴ネズミを大人が捕ってきたのはみたことがあるが、魚を捕ってきたことは見たことがない。捕まえるのが難しくて誰も挑戦しないのか、川には水汲みと水浴びくらいしか人が寄りつかない。

もしかしたら魚を捕っても集落に持ち込まないで、自分たちだけで食べている可能性もある。一匹二匹ならそれが一番いいだろう。でも、私は十匹くらい捕って集落のスープに入れてもらうつもりでやってきた。

まだまだ信用が足りなくて、他の難民たちは冷たい態度だ。ここは大きく信用を獲得したいので、滅多に食べられない魚をみんなに食べてもらおうと考えているの。そしたら冷たい態度が少しは良くなるはず、だよね。

早速、魚を捕る罠を作ろうと思う。沢山の魚を捕まえたいので二か所作る予定だ。

罠の形は石で囲いを作って魚を中に誘導するものだ。もちろんかえしもついていて、囲いの外には出られないようにする予定。

「あっ」

いけない、その前にやることがあったんだ。ふふふ、今日は同時におやつを捕ろうと考えている。それは川カニで岩場の陰とか水の中の石の間とかに潜んでいる。でも、それを探して捕まえるのは結構な時間がかかるだろう。

そこで私はある方法を考えた。家を出た後に以前作った蔦の籠に葉っぱを敷き詰めて隙間を無くす。その中に道すがら捕ってきたミミズを溜めておく。このミミズは魚への餌でもあるから沢山捕っておいた、ちょっと気持ち悪かった。

そのミミズを川の浅瀬に千切ってばら撒いておく。するとミミズに惹かれたカニが隙間から這い出てくるはずだ。そこを捕まえれば探す手間が省ける、というものだ。それを魚の罠を作っている時にやっておけば、時間短縮にもなる。

私はミミズを散りばめたところに目印となる石を置き、罠づくりを開始するためズボンを膝上までたくしあげる。川の中に靴のまま入り手頃な石を持って囲いを作っていく。石の大きさは大小さまざまだ、囲いが崩れないように石の隙間が無いように埋めていく。

石が大量に必要だったのか、すぐに目ぼしい石が周囲からなくなってしまった。んーっ、ずっと腰曲げていたから辛いや。ちょっとカニの様子でも見に行こうかな。

囲いを作っている途中でカニのほうが気になり、目印に向かって歩いていく。作り始めて三十分なんだけど、出て来てくれたかな。ちょっとドキドキするね。

「どれどれ……あっ、いた!」

ミミズに惹かれて石の隙間から這い出てくるカニを見つけた。急いで岸に上がり蔦の籠の中からミミズを取り出して砂利の上に置き、すぐさまカニの場所まで戻っていく。

「ふふふ、やった。カニゲットしたよ」

川の中に手を入れてカニを下から捕まえた。カニは逃げようと手足を動かしていてちょっと可愛い。だけど、これは大事な食料だ。私は容赦なく蔦の籠に放り込み、川の中を見ながら残りのカニを探した。

あちこちにばら撒いたお陰か色んなところからカニが現れている。私はカニに気づかれないように静かに移動し、静かに川の中に手を入れ、捕まえる時は素早く掴む。何度も繰り返していくと、蔦の籠の中のカニが増えた、合計六匹だ。

「さてと、囲い作っちゃおう」

蔦の籠を砂利の上に置いておくと、再び囲いの作業に移る。今度は離れたところから石を持ってきて囲いの近くに置いた。その作業をしばらく続けて石の山ができあがると、囲いを作り始める。できるだけ長い期間使いたいから丈夫にしたい。囲いの根元を崩れないように頑丈にしながら、石の高さを水面より上に上げていく。そうやって作業していくと、完成した。直径一メートルの囲い罠だ、かえしもついている。

「あーー、疲れた」

腰を伸ばすとバキバキと音が鳴る、うーん気持ちいい。疲れた腕をグルグルと回すともっと気持ちいい。体のストレッチをするとようやく岸に上がり蔦の籠のところまでやってくる。

籠の中はカニがブクブクとアワを吹いていて可愛くてちょっと癒される。その籠を持ち再びミミズをばら撒いたところまでやってきた。

「わーー、いるぅっ」

近くで覗いてみるとあちこちからカニが這い出ているのを見つける。やった、この作戦は成功だね。見えない所に沢山いたのか、ミミズに惹かれて離れたところからやってきたのかは分からないがこれは本当に嬉しい。

逃がさないように次々と捕らえると、籠の中がカニで一杯になった。全部で十六匹捕まえることができたみたい。これだけあれば小腹を満たせるどころか、お腹が一杯になっちゃうかもしれない。

「んふふ〜、もう一つの囲いを作る前に一休憩しちゃおう」

上機嫌に鼻歌を歌いながら森の近くまで移動する。そこには事前に準備しておいた火起こしセットと、途中で見つけたキノコが一つだけ置いてあった。

「さてと、初めての火起こし上手にできるかな」

知識はそこそこある。前世でテレビで見ていて、興味本位でネットで調べていたことがあるからだ。

集落にあった廃材の木の板を二枚置く、下に大きな木の板で上にそれよりも小さな木の板だ。皮を剥いた出来るだけ真っすぐな枝を木の板の上に垂直に載せる。さて、後は枝を両手で挟んで回していくだけだ。

「ふー、力を入れて素早く……ふんっ」

枝を素早く擦り回していく。回していくたびに手をどんどん下に押して行く、ギリギリまで堪えて……すぐ上に手を移動させてまた回す。キリキリと甲高い音が聞こえて来て、とてもいい感じだ。

擦れたところから黒い木くずがあふれ出てくる。でも、まだ火種にはなっていない。赤い光が出てくるまで何度も何度も回していく。腕が疲れても絶対に休まない、早く火種を作らないと後でしんどくなるからだ。

すると、ボワッと黒い木くずが赤く光った。私は急いで枝を放り投げ、近くにあった糸みたいに細く長い木くずを手に取る。その木くずに黒い木くずを慎重に入れて、口からゆっくり長く息を吐く。

「ふーー、ふーー、ふーー」

焦るな慎重に火種が消えないように、ドキドキしながら息を吹きかけていく。

ボワッ。

「わっ、付いた!」

付いた喜びを抑えて、組み立ててあった木の枝の下に燃えた木くずを放り込み、また息を吹きかける。煙がもくもくと立ち上り、火が枝に着火して大きな炎になった。火起こし成功だ!

「やったー、付いたー」

嬉しくなって万歳をした。もしかして、火起こしの才能あるんじゃない?

7　カニを食べる

焚火ができた。パチパチと音を立てて木が燃えて、手をかざすととても温かい。火を見るとホッとするよね、なんでかな。

しばらく火がついた感動を味わう。前世の記憶を思い出してから色々と行動してきたが、思いのほか上手くいっているような気がする。なんで今まで行動しなかったのか、早く行動していれば今の状況は違っていただろう……惜しいことをしたかもしれない。

「はぁ、ちょっと落ち込んじゃうよね」

今まで何もしてこなかったことが本当に悔しい。少しだけ落ち込んでみる。

「ダメダメこんなんじゃ。よし、落ち込むのは後にしてカニとキノコを食べよう」

うん、きっとこれからだよ。頬をパンッと叩いて弱い気持ちを吹き飛ばす。

傍に置いておいた細い枝を手に取ると、籠の中からカニを取り出して手に取ったカニを枝に刺す。次々と刺していき六匹になると、今度は違う枝にカニを刺していく。残りの枝で五匹ずつ刺すと、キノコも別の枝に刺しておく。

そうして出来た枝を地面に刺して、遠赤外線でじっくりと炙っていく。素早く足を動かしていたカニが次第に動かなくなると、香ばしい匂いが立ち込めてくる。全体に満遍なく火が通るようにひっくり返して更に炙っていく。

カニの口から美味しそうな汁がジュワッとでてきて、それが焚火に落ちると蒸発して匂いになった。くんくんと匂いを嗅ぐと美味しそうな匂いを感じて、お腹がグーッと鳴ってしまった。

茶色だったカニが次第に鮮やかな赤に変わっていく。焦げないように枝を調節しながらじっくり炙り続ける。カニの横ではキノコも焼けはじめていて、ジワッと汁が出始めてきた。

まだかな、もういいかな、食べたいな。そわそわしながら待つ。ジッとカニを観察していると、足先が少し焦げ始めた。

「もういいよね」

枝を素早く焚火から離して地面に刺した。キノコもいい塩梅に焼けたので焚火から遠ざける。焼けたカニとキノコを見ると美味しそうな煙が出ていて、とてもじゃないが我慢できない。

「まずはカニから……あちちっ」

枝から外そうとカニに手をかければまだ熱かった。それでも食欲には勝てず熱いのを我慢して枝から外すことができた。

「ふー、ふー」

手のひらで転がしながら息を吹きかける。すると、カニの熱がどんどん下がっていくのが分かった。おそるおそる、親指と人差し指で摘まんでみる……掴めるくらいの温かさだ。

「いただきまーす」

口を大きく開けて、中にカニを放り込む。歯を合わせるように噛むと、バリバリと気持ちのいい音をだしてカニは崩れた。途端にカニの風味が口一杯に広がる。

「んーーーっ、おいひぃっ」

香ばしくて歯ごたえがあって、はっきりいって美味だった。身は少ないが、外殻の香ばしさがとても病みつきになる。すぐさま二匹目に手をかけた。再び手のひらの上で転がしながら息を吹きかけ、まだ熱が冷めないうちに口に放り込む。

「んっ、んーーっ」

口の中で噛むと香ばしいカニの風味がふわっと広がり、美味しさに堪らずに足をバタバタさせてしまう。じっくり味わおうとも外殻は少しの力で簡単に崩れてしまい、すぐに呑み込んでしまった。

夢中でカニを冷ましては口に放り込み、バリバリと噛んで呑み込んでいく。一匹、二匹、三匹と手をつけてあっという間に食べ切ってしまった。

「あーー、美味しかった」

口の中に残ったカニの風味で余韻に浸る。ボーっとしていると視界の端で残りのキノコが目に入った。しまった、すっかり忘れていた。

「こっちはどうかな」

すぐに枝を手にしてキノコを外す。すでに持てないほどの熱はなく、ほのかに温かさが残っている。遠慮なく手でキノコを裂いて口の中に放り込む。噛み締めるとジワッとキノコ汁が滲み出て風味が口に広がる。

「んー、キノコもジューシーで美味しいなぁ」

少しコリコリしていて、カニとは違う歯ごたえを楽しむ。ここに塩とか醤油とかあったらどれだけ良かったか。この世界のどこかに醤油とかあるのかな。

「んー、世界かぁ。今は自分のことで精一杯だけど、私はどうしたいんだろう」

キノコをもぐもぐしつつ考えてみる。今は自分の境遇を良くすることしか頭にないが、もし良くなったら自分は何をしたいんだろうか。

「大きな目標は難民集落を出ることかな。確か朝の配給を貰っている人たちは町に行って働いているってことだから、その人たちに聞けば脱出の手がかりとか聞けたりするのかな」

朝の配給を受けている人たちは町に行って働いてお金を稼いでいるらしい。ポツポツと人が減っていっているのはどちらかというと朝の配給を受け取っていた人たちだ。ということは、いずれ町に働きに出ていけばおのずと難民集落から出られるんじゃないか？

でも、今の状態で話を聞こうとしても正直に話してくれるかは疑問だ。信用がないから今聞いても答えてくれないかもしれない。だったら、このまま信用を得る行動をしていたほうがいいだろう。

「うん。手伝いを続けて信用される人になろう」

大きな目標ができてやる気が張ってきた。両手で拳をつくりやる気を高めていく。

「そのためにも魚を一杯とってきて、みんなに食べてもらおう」

私は立ち上がって川へと向かっていった。あと一つ、罠を完成させないとね。

◇

「できたー！」

一時間かけてもう一つの囲い罠が完成した。二つ並んでいる囲い罠を見て充足感で一杯になる。

いやー、簡単な罠だけど作るの結構疲れたよ。

後はミミズをばらまいて魚が流れてくるのを待つだけなのだが、ここは一つ策を実行しようと思う。

長い枝を持って罠の上流に入る。そこから枝を川の表面に向けて何度も振り下ろす。それが終わったら少し歩いて、また叩く。こうやって上流にいる魚を下流に追いたてているのだ。

大きく音を立ててゆっくりと前へ進んでいく、また大きな音を立ててゆっくりと前へ進んでいく。

川の中にいる魚影が逃げていくのが見えて、上手くいっているようで嬉しくなる。

どんどん前へ進んでいくと、ようやく囲い罠の前まで辿り着いた。

「ふー、捕まえられたかな」

この瞬間がドキドキする。おそるおそる囲い罠を見てみると、いた！　それぞれ二匹ずつ入っているのが見えた！

「やったー、捕まえられた！」

嬉しい！　本当に嬉しくてその場で跳びはねてしまった。転生して精神年齢が二十才を超えていても、体の年齢に精神が引っ張られるのか子供のようにはしゃいでしまう。ちょっと照れくさくなる。

気を取り直して罠の中を観察すると、魚はスイスイ泳いでいるがどの魚もかえしから出ようとしていない。ちょっと不安だったから安心した。でも魚かー、いいなー、魚。

「……一匹食べてもいいよね」

頑張った自分へのご褒美もあってもいいよね。まだ焚火は残っているし、焼いて食べちゃってもいいよね。いや、食べちゃいます！

8　魚を食べる

さて、魚を食べるにはまず魚を捕まえないといけない。罠に入っていても魚は速く泳いで逃げてしまうので捕まえにくい。そんな中でどうやって捕まえればいいのか、私は考えた。

石をぶつけてみるのはどうだろう。一個ではなく沢山の石を放り投げて、魚に当てて気絶させる作戦だ。これで上手くいかなかった時は、そうだ籠の中に追い込んで捕まえるのはいい案じゃないかな。うん、いける気がする。早速周囲から適当な石を沢山拾い集めた。両腕で抱えるほどの量はとても重くてフラフラしてしまう。おぼつかない足取りで囲い罠へと近づいていく。

傍までくると、魚の動きを観察する。こっちに来た時に放り投げる、こっちにこい。黙って待っていると魚がすぐ傍まで泳いできて、ピタリと止まった。今だ！

「それ！」

両腕を持ち上げて石を囲い罠の中でばら撒く。石が勢い良く落ちて、バシャバシャと水しぶきを上げた。水面に沢山の波紋が広がっていくと、プカリと一匹の魚が浮いてくる。

「あっ、できた」

慌てて近寄ってその魚を掴んでみる。魚はピクリとも動かずに手に収まる。大きさは二十センチを超えていて、体はプックリと膨れている。食べ応えがありそうだ。

手の中の魚を見下ろすと、嬉しくて自然と笑ってしまう。魚を食べられる喜びでスキップしながら、焚火の近くまで歩いていく。

「さて、焼きますか」

手頃な枝を拾うと魚の口から枝を刺していく。力を入れてグッと差し込み魚体を固定する。枝の先が外に出るとこれで準備完了だ。

その場に座ると枝を地面に刺して、少し離れたところで魚を焼いていく。膝を抱えてジーッと魚を見つめる。すごく楽しみで訳もなく見つめてしまうのは仕方ないよね。

美味しくいただきたいので焦げることがないように、ひたすら魚を見つめる。いい感じに表面が焼けてきたら、枝を回して魚の向きを反対にした。まだ時間がかかりそうだ。

どうせ時間はかかるんだから、少しでも魚を増やしておこう。私は立ち上がり再びズボンをたくしあげて川に向かった。長い枝を持って川の上流に入って行くと、枝を川の表面に向かって叩き出す。叩いては前に進み、叩いては前に進み、魚を追い込んでいく。罠の前までつくと再び上流に向かう。そうしてもう一度はじめから魚を追い込んでいった。

「どれどれ、どれだけ集まったかな」

罠の前まで辿り着くと成果が気になった。罠を覗き込むと魚影が増えたように見えて嬉しくなる。えーっと数は……全部で六匹になっていた。明日には十匹くらい溜まりそうでもっと嬉しくなる。

「明日には魚入りのスープか……楽しみ」

考えただけで涎が出てきた。あ、そろそろ魚が焼けたかな。

私は岸に上がり枝を置いておく。それから魚の餌となるミミズを罠の中にばら撒き、急いで焚火の近くまでやって来た。

魚を確認すると丁度良く焼き上がったところで、辺りにいい匂いが立ち込めている。はっ、穴ネズミに見つからなくて本当に良かった。すっかり忘れてたけど、大丈夫だったみたい。もしかしたら火が怖くて近づけなかった、とか？

まぁ、それは置いておいて。念願の焼き魚を前にしてお腹が鳴った。さっきカニとキノコを食べたばかりだっていうのに、お腹は現金な奴だ。

その場に座ると魚がついた枝をとる。目の前まで持ってくると、魚の香ばしい匂いが強く感じて口の中が涎まみれになってしまった。

「えへへ、いただきます」

ふーふー、と息を吹きかけて入念に冷ます。そして、魚の背から思い切りかぶりつく。身はフワッと崩れ中からホクホクとした湯気が立ち上った。

「んっ、んっ、んうまーい！」

ほっぺたが落ちるほど美味しい！　淡泊ながらもほどよく油がのっていて、噛めば身のほのかな甘さを感じられる。身はホロホロと崩れて、口の中で溶けて消えていくような感じだ。

ごくん、と呑み込むとすぐにまたかぶりつく。かぶりついて、もぐもぐして、ごっくんする。とても幸せな行為だ、罪深い。

頭からしっぽまで丁寧に食べた、食べられる身がほとんどないと言っていいほど綺麗に食べ尽くした。目の前には体が綺麗に骨になった魚がある、うんとても満足。

一日一回昼に食べるだけの配給のスープと芋。いつもは夜お腹をすかせていたが今日は膨れたお腹で寝ることになるだろう。久々に味わう至福の時についつい頬が緩んでしまう。

早くお腹いっぱい食べられて、夜にお腹がすかない日がくればいいいな。

翌日の朝、私は川に行った。目的はもちろん、魚だ。絶対に今日のお昼の配給に入れてもらうんだから。昨日のうちに魚を入れる籠を新調した、大きさはいつも使っている籠の三倍もある。これで大量の魚を持ち運べるね。

罠の中を見てみると……いたいた、沢山入ってた！　これは十匹以上入っているみたいだ。嬉しくなって跳びはねた。

早速石をばら撒いて魚を気絶させる。プカプカと浮かんできたところを捕獲して新しい籠に入れていく。でも、こんなに捕れるなんて驚きだよ。きっと他に捕る人もいないから魚が沢山いたんだね。

捕まえた魚を数えてみると、合計十二匹。大漁だよ！　追い込みしなくても魚が入ることが実証されて、今度から手放しで魚が捕れそうだね。

私は集落まで急いで歩いた。

三十分かけて集落まで戻ると、広場では女衆が集まり始めている。そろそろ昼の配給を作るようだ、間に合った！

「あのー、すいません」

「ん、どうしたんだい？　今日はお手伝いの日じゃないと思うんだけど」

「これ、今日のお昼に使ってください」

「ん、どれどれ……って魚じゃないかい！　どうしたんだいこんなに」

魚の入った籠を差し出すと女衆が集まって、みんなが驚いた顔をした。ふっふっふっ、そうだろうそうだろう。滅多にお目にかかれない食材を前に驚かない人なんていないない。

「私が罠を作って捕まえました」

「はーー、罠をねぇ。遠慮なく使わせてもらうよ」

「最近のリルは見違えたようだね、見直したよ」

「また沢山捕れたら持ってきておくれよ」

いつもは私を嫌厭していた女性たちも喜んで褒めてくれた。みんなが笑顔になって喜んでくれるのは、本当に嬉しいね。魚の作戦、大成功！

私はそのまま女衆のお手伝いを始めた。お手伝いできる時にしたほうがいいしね。いつも通り、まずは芋を茹でて。その間に野菜を切り、スープの下準備をした。魚をさばくのは自分ではできないので他の女性がテキパキとやってくれた。

芋が煮えると、次はスープづくりだ。沸騰した水に野菜を入れてひと煮立ちすると、小さく切った魚を入れる。次に味つけの塩を入れて煮立たせると完成だ。

そして、スープの匂いに釣られて難民たちが集まってきた。誰もがいつもとは違う匂いを感じていて、興味津々な顔をして鍋を覗き込む。

「今日はねリルが魚を捕って来てくれたんだ。久しぶりの魚の味をみんなで堪能しようじゃないか」

そう言った女性は持ってきた椀にスープを入れて、それを私に渡してきた。

「今日はありがとね。先におあがり」

スープを見ると一切れの魚が入っていた。今日のスープがいつもより美味しいのは魚が入っている、だけじゃないような気がする。

9　十一才になりました

お手伝いを始めて四か月が経ち、十一才になりました。お手伝いの内容は一週間で水汲み二回、穴ネズミの捕獲一回、魚の捕獲一回、あとは気づいた時に細々としたお手伝いをした。

お陰様で冷たい目線は緩くなったみたい。完全にはなくなっていないのは、両親のせい。女衆の話では両親が手伝わなくなって半年経ったようだ。

私が色々と手伝っているせいか、女衆の方々からいろんな話を聞く。そろそろ集落会議にかけたらどう、かと。でも、まだ早いんじゃないか、とも。今後どうなるかは分からないけど、あの両親が改心するのか疑問だ。

そうそう、食料調達以外でもやったことがあるの。それは敷布団、掛け布団の作製。

もちろん布はないから全部葉っぱと枯草だけで作った。手のひらくらいの葉っぱに枝で小さな穴をあけて、その穴に細長い草を通してもう一枚の葉っぱを重ねて繋げる。それを何十枚、何百枚と繋げれば葉っぱのシーツが完成。

そのシーツを二枚作り、その間に枯草を敷き詰めて、最後にシーツの端を同じように穴をあけて細長い草で繋ぎ合わせる。細長い草を結ぶ時が一番大変だった。沢山結ばなきゃいけないし、力が強すぎたら千切れちゃうし。

暇をみて時間をかけて作製したお陰で、敷布団と掛け布団が完成したの！　でもね、完成した途端に両親に奪われてしまった。くっ、悔しい……こうなることは予測できたのに、悔しい。今では両方とも二人の掛け布団になっている。

仕方なくもう一度作り直すことにした。悔しいから今度はもっといいものを作ろう！　と、思ったんだけどもっと良いものを作ったらまた奪われそうだからやめた。同じように作り、今度こそ自分のための敷布団と掛け布団にした。

布団を作ったおかげで服に土や草がつくことがなくなって、以前より体を綺麗に保つことができるようになる。毎朝服についた草を取るのが地味に大変だったんだよね。

綺麗と言えば私は二日に一回は水浴びをしている。石鹸とかはないけど、丁寧に水で洗い落とせば汚れだって取れた。でも、髪の毛に艶がないのは物足りなく思っちゃう。どこかに髪に合う油の採れる実とか都合よくなってないかなー……ないよね、グスン。

そういえば水浴びの合間に服の洗濯もしているんだ。難民だけど、服は二着持っているの。ずっと着の身着の儘だったら大変だからこれには助かっている。ルーティンとして水浴びしたら着ているものを洗って、新しい服に着替えて洗った着替えを干す。これを繰り返している。

いずれ町に行くことになるんだから、少しでも身ぎれいにしたほうがいいしね。難民っていうだけで印象は悪いと思う。だから、少しでも印象を良くするための努力はしておこうと思った。

水浴びの時に枯草を丸めてそれでゴシゴシ擦ると、垢も取れて肌が綺麗になっていった。こういう小さな努力をしていると、女衆からは好きな人ができたと思われてからかわれている。そういうつもりじゃないのにな。

前世の記憶を思い出した時は今の境遇に絶望したけど、今では思い出して良かったと思っている。もし、あのままだったら難民集落を追い出されていたかもしれない。いいきっかけだったなぁ、と思う。

こんな場所で前世の記憶とか役に立たないとか思っていたけど、案外役に立つ知識を持っていて助かった。暇つぶしに見たテレビや動画の知識ばかりだけど、お陰で追い出されずにいられたね。

まだまだ信用は足りないけど、このままの生活を続けていけばみんなと普通の会話ができるようになるかな。その為にも今日の穴ネズミ捕獲は頑張らないとね。

「よし、今日の目標は六匹だ」

石オノとミミズのついた長い枝を持って穴ネズミの穴を探していく。木の根元も見て、草むらの中を見て。

ちなみに一度捕獲した穴は目印をつけてある。入口の横に枝を突き刺しておけば一目瞭然だ、分かりやすい。だから、探す時はその枝がないか確認もしている。

「あっ、あった」

草むらを探しているとぽっかりと開いた穴を見つけることができた。その穴はいつもみる穴に比べて少し大きくなっている。出入口付近の土も沢山削れていて、この中に沢山の穴ネズミがいる気配がした。

「これは沢山いそうだね」

ウキウキしながら石オノと大きな籠を地面に置いて枝を中に入れていく。出入口ギリギリまで枝を差し込むとしばらく待つ。すると、枝が動き奥の方に引っ張られ始めた。

そこをすかさず掴み枝を手繰り寄せる。穴ネズミは枝に食いついたまま出入口まで頭を出した。枝を地面に置いて足で踏んで止めると、石オノを手にして振り上げて思いっきり振りおろす。

「キュィッ」

短い悲鳴を上げて穴ネズミが気絶した。そこにもう一撃食らわせると、穴ネズミはピクピクしながら脱力する。まずは一匹目だ。

私は休むことなく穴ネズミを釣っては叩いて、釣っては叩いてを繰り返した。どうやらこの穴には沢山の大人の穴ネズミが棲んでいたようで、やってもやっても次々と食いついてきた。

結局この穴からは合計七匹の穴ネズミを捕獲することができた、大猟だ。並べて観察してみると、二匹の大きな穴ネズミと五匹のそれよりも少しだけ小さな穴ネズミだった。どうやら家族で一つの穴に暮らしていたらしい。

「明日のスープのお肉は少し大きいといいな」

予定よりも一匹多くて嬉しい。嬉しいと顔のニヤニヤが止まらなくなる、ふふふ。持ってきた籠に穴ネズミを入れていくが全部入らなかった。二匹ほど手に持っていくことになる。

片手に穴ネズミと石オノ、もう片手に穴ネズミと棒を持ち、よいしょと立ち上がった。嬉しい重みで少しだけ足元がふらつく。私はフラフラとした足取りで広場まで歩いて行った。

広場に行くと女衆が昼のスープを作っている最中だった。

「こんにちは、穴ネズミ捕獲してきました」

「あぁ、ありがとね。そこら辺に置いておいておくれ、後で解体するからさ」

「はーい」

女性に言われた通りその辺に置いておき、戻っていく。

「何か手伝うことありますか？」

「いや、今日はないよ。それよりもそろそろ出来上がるから、自分の器でも持ってきな」

お言葉に甘えて自分の椀を持ってこようとした、その時だ。ちらっと見た鍋の中がいつもとは違う。野菜が多めに入っているように見えたのだ。

「あれ。今日のスープ、野菜多くないですか?」

「ほら、これから配給が届くからね。残りものを全部いれたのさ。今回はちょっと配分ミスっちまったようね」

話を聞いてあぁーっと理解した。そうか、今日は待ちに待った配給日だ。

10 配給の日

領主さまからの配給は月に一回。数名の役人たちが荷馬車と一緒に集落にやってくる日だ。配給品は数種類の野菜、干し肉、道具、衣類など。

配給される野菜はどれも不揃いのもので、商品にするのがはばかられるものばかりだ。形が小さかったり、いびつだったりしている。それで費用が抑えられているのか量はあると思う。

多分だけどそれは農家と商会のためになるんだと思う。だって形が不揃いのため売れない商品を領主さまが買い取ってくれているんだから。領主さまは頭がいいよね、費用を抑えられて、同時に農家と商会の売上に貢献できているんだから。

道具と衣類だって使い古しばかりだ。多分だけど住民から中古品として安く買い取って、それを配給品にしているみたい。粗悪品っていうものはなく、大抵傷が目立つくらいだ。そんなものでも貰えるんだもの、ありがたいよね。

領主さまのお陰でこの難民集落は存続できているようなもので、領主さまがいい人で本当に良かった。集落内では領主さまの悪口なんて聞いたことがない。

「配給が来たぞー」

「道を空けてやれ」

「もっと広がれー。荷馬車が置けないぞ」

いつもの広場に大勢の人が集まっていた。男の人が率先して人の整理を始め、あっというまに広場の三分の一にスペースができる。

すると、荷馬車の音が近づいてくるのが聞こえた。私は一番前にきてその光景を眺める。

細い道を進んでくる荷馬車が二台見えた。それぞれに御者と役人が乗っており、後ろの荷台には配給品が載せてあり大きな布で覆われている。

荷馬車が広場のスペースに止まると、御者台から役人が二名降りてきた。その役人は二人で何か話し合った後、私たちに向き直る。

「私たちはルーベック伯爵さまの命により配給を届けにきた役人だ。難民集落の者たちには苦しい生活を負わせてしまっているが、ルーベック伯爵さまは君たちを見捨てたりはしない。今月の配給品だ、心して受け取るように」

役人が大声でいつもの口上を述べると、その場にいた難民は深々と頭を下げて感謝の言葉をいい始めた。私も同じように頭を下げて感謝を口にする。

「ありがとうございます」

配給品には本当に助かっています、伯爵さま。心からの感謝をする時って自然と頭が下がるものなんだよね。

それぞれが感謝を示すと、それを見た役人は辺りを見渡して了解したように強く頷いた。

「伯爵さまには君たちの感謝を伝えておこう。さぁ、配給品を受け取ってくれ」

「みんな、手を貸せー」

「俺が荷馬車に乗って布をはがすぞ」

「誰かー倉庫を開けといてくれー」

「よしきた、任せろ」

役人の言葉が終わると一斉に難民たちが動き出す。いつも覇気がないような顔をしていたのに、配給品を前にすると人が変わった。配給のお陰で生きていけるようなものだからね、やる気が出るのも分かる。私も同じようなものだ。

荷馬車の上に乗る人と、荷馬車の下で待つ人に分かれる。私はもちろん下で待つグループだ。並んで待っていると前に並んだ人が荷馬車の上から野菜を受け取って倉庫に向かって歩いていく。次は私の番だ。

「落とすなよ」

「はい」

そう言ってゆっくりと野菜の受け渡しをする。預かった野菜はニンジンだ、落として割れないように気をつけないと。私は慎重に歩いて、周りに気をつけながら倉庫を目指す。

倉庫に辿り着くとそこにも人がいた。

「お願いします」

「あぁ」

短い言葉のやり取りをすると、野菜を丁寧に受け渡す。この瞬間が少し緊張するんだよね、落としたらやっぱり怒られたりするのかな。こうしちゃいられない、後ろが詰まる前に私は再び荷馬車に向かう。

難民全員ではないが、みんなで協力し合って荷降ろしをする。誰一人配給品を落とすことがない。ただの荷降ろしだというのにちょっと緊迫感があった。荷降ろしが終わった時には体は疲れていないけど、精神的に疲れてしまった不思議な感覚が残る。

配給品の荷降ろしが終わると、そこで解散ではない。二人の役人が立っている前に難民たちが集まる。ここにいる難民たちが役人たちに向き直ると、役人は口を開く。

「みな、ご苦労だった。さて、これから移住の話をする」

移住の斡旋の話が始まった。こうして気を使って移住を勧めてくれるのはありがたいことだよね。今回この集落を出て行く人はいるのかな。

「移住先はここより南東に位置するヨルム村だ。ヨルム村は様々な野菜を作っている農村で、今回は農家のなり手を募集している」

「募集の理由は若者の農村離れが進んでしまったこと、住民の減少のためだ。休耕地が多くあり村の税収も良くはないので、こちらとしては早急に対処することとなった」

「この中で移住を希望する者はいるか」

役人たちが話し終えると難民たちがガヤガヤと話しだした。まぁ、私はどうしようもないから見ていることしかできないんだけどね。

あれ、あそこの人たちすごく真剣に話し合っているみたい。じっとその人たちを見てみるとその中で一人、男性が手を挙げた。

「質問、いいですか？」

「なんだ」

「受け入れは数組でも大丈夫でしょうか」

「そんなに多くは受け入れられないが、可能だ」

そんな話を終えると、その難民たちは少し話した後に誰もが強く頷いた。

「では、ここにいる三組、十三人がヨルム村に行きます」

その言葉に他の難民たちがどよめいた。農村行きに三組も名乗り出たことがとっても珍しいからだ。

新しく農村に住み着き、前からいる住民に交じり開墾して、見様見真似で野菜を育てていくのはとても大変。でも、そんなリスクを承知で三組は手を挙げた。理由があるとすれば、難民の仲間がいれば困ったときに力になれるからか。なるほど、そういうやり方もあるんだね。

「他に移住希望の人はいないか？　……いないようだな。今回移住を希望する者たちは三日後に迎えにくるので、持ち物などを用意しておくように」

「では、今日は終わりだ。また来る日まで健やかに過ごせ」

役人たちが締めの挨拶をすると難民たちは頭を下げて感謝を示した。もちろん私も深々と頭を下げて感謝を示す。

こんなに大勢の人が来ているというのに、私の両親は姿を現さない。女衆の話を聞く限り、そろそろ本当に危ないみたいだ。近々、両親のことで何かあるかもしれない。私はできることをして自衛をしておこう。

11 両親

難民十三人がヨルム村に移住をする。必要最低限の物を持って、領主さまが用意してくれた荷馬車に乗り込んで集落を旅立っていく。見送りには難民の仲間たちが集まってお互いに激励をし合う。もちろん、私もそれに交じった。

「体に気をつけて、行ってらっしゃい」

「あぁ。リルも元気でね」

移住する中にはいつも配給を作っていた女衆が交じっていて、ちょっと寂しい気持ちになった。

「出発するぞー」

御者の声が聞こえた。荷馬車に集まっていた難民たちが少し離れると、鞭の音がした後に荷馬車は動き出す。

「元気で過ごせよー」

「野菜が一杯取れたらこの集落に送ってもいいんだぞー」

「そりゃいい。野菜を作るの頑張れよー」

難民から色んな声が上がって、みんなが手を振ってお別れをした。いつか私もこんなふうに見送られながら、ここを旅立ってみたいな。

ボーっと荷馬車が去っていった細い道を見つめる。そこに他の難民たちが私の傍に近寄ってきた。

「じゃ、リルちゃん行こうか」

「はい、お願いします」

実は今日はそれだけじゃない。いつまで経っても手伝いにこない両親に集落会議前の最後通告をするのだ。

手伝わなくなって半年以上経って、見過ごせなくなってしまったらしい。事前に相談に来るほどで、みんなが深刻そうな顔をしたのを覚えている。はじめはいきなり集落会議にかけるつもりだったが、私の頑張りがあったので最後通告だけはしようということになったらしい。

これには正直に言って助かった。私の力ではあの両親を改心させることなんてできない、子供の力は本当に弱い。

元々、良い両親ではなかったが以前は害がなかっただけいいほうだ。でも、ある日を境に変わってしまった。その原因が分かれば苦労しないのだが、そのことについては全然分からない。

変わってしまった日から私への当たり方が厳しくなったのを覚えている。ということは、私が原因ってことなのかな。でも、何もしてないのに当たられる理由が全然分からないからお手上げだ。今回の最後通告で分かるといいな。

十人以上の難民と一緒に我が家に辿り着いた。この場の代表として男の人が出入口の布をめくって中に一歩足を踏み入れる。

「おい、お前たち外に出てもらおうか」

「な、なんだよ突然……」

「外って、どうしてそんなとこに」

「いいから、来い」

男性がそういうと渋々といった感じで両親は外に出てきた。すると、我が家を取り囲む難民たちを見てギョッと驚いて顔を引きつらせる。

「え、えっと……こんなに大勢で一体どうしたんですか」

「そうですよ。こんな我が家になんか用なんてないでしょう」

「お前たち二人に用があるんだ」

二人が出てくると難民たちの顔つきが厳しいものになった。異様な雰囲気を悟って両親の顔色が悪くなる。

「お前たち、半年以上も集落の手伝いをしていないようだな」

「病気も怪我もしていないんだったら、やってもらうはずだったんだけどねぇ。一体どういうことだい」

「二人の手伝いがなくなったくらいで集落が維持できないっていう話でもないが、それでも手伝いをしなくていいという話にはならないぞ」

難民が険しい顔で両親に詰め寄り厳しい言葉を投げかける。いや、厳しくはない。当たり前のことを言って聞かせようとした。

両親は気まずそうに視線を逸らして何も言わない。頭の中ではどんな言い訳を考えているか気になるが、こんな状況になっても謝ろうとはしない態度はダメだと思う。

「おい、なんとか言ったらどうなんだ」

「それは、その……」

「手伝わないっていうなら、ここから出て行ってもらうよ」

「困ります！　行く場所なんてないんだから」

「だったら、なんで必要最低限のことをしないんだ」

両親の煮え切らない態度を前に、難民たちの声が大きくなっていく。じりじりと詰め寄っていく難民と、腰が引け始める両親。だけど、その表情が醜く歪み体を震わすと大声をあげる。

「俺たちが手伝わなくなったのはお前たちとリルのせいなんだからな！」

……は？

「そ、そうよ。リルとあなたたちが原因なんだから、仕方ないじゃないのよ！」

ど、どういうこと？

「お前たちがリルのために頑張ればっかり言ってたじゃねぇか！　なんでそんなことばっかり言わ

れながらやらなきゃいけないんだよ！」

「私たちだって頑張っているのに、これ以上頑張れるわけないじゃないのよ！」

「リルだってもう大きいんだ、自分のことは自分でできるんだ！　ほっといたって悪さなんかしねぇんだからいいじゃねぇかよ！」

「なんで、なんで私たちばっかり悪口言われなきゃいけないのよ！　悪くない、なんにも悪くないわよ！」

両親は堪え切れないとばかりに思いの丈をぶちまけた。ぶちまけたが、話の内容が要領を得なく何を訴えているのか私には分からない。なので、周りの難民を見てみると皆が呆れたような顔をしていた。

「覇気のなかったお前たちの尻を叩くために元気づけようと声をかけただけじゃねぇか。子供のためだったら親はなんでもできるだろ」

「うるせぇ、うるせぇ！　俺たちにとっては余計なお世話だったんだよ！」

「あなたたち、ずっと自分たちばかりってリルちゃんは」

「口を開けばリル、リルってそればっかり！　そうやって言われるのが、もう嫌なのよ！」

話を聞いてみれば、お互いに行き違いはあったものの、一方的なワガママを言っているのは両親だった。

なるほど、私に対して態度が悪化したのは周りからの言葉があったからだったんだ。きっと周りの人は両親を元気づけようとして話してくれたんだろうが、両親にはそんなふうに捉えることができなかった。ようは、両親が精神的に幼いのが原因、か。

まぁ、当たる前からもちょっと可笑しな感じだったもんね。子供をほったらかしにしてボーッとするだけだったし、率先して子供の相手をするような両親ではなかったことは確かだ。

あぁ、そうか。私はすでに見捨てられていたのかもしれない。精神年齢二十才以上だけど、この両親は情けなくて泣けてくる。スタンピードで町が滅ぼされた時にはもう終わっていたんだね。

両親と難民たちの言い争いが収まる。どちらも納得いっていないような顔をして、これ以上言い争えば手が出てきそうな雰囲気だった。

「とにかく、明日から手伝いをしないと集落会議にかけるからな。分かったな！」

「今のリルを見習えってんだ」

「うるせぇなぁ、さっさといなくなれ！」

その言葉を皮切りに難民たちがその場を後にしていく。誰もが私のことを心配そうに見下ろして歩いていくのが見えて、複雑な気持ちになる。

しばらくすると、その場には両親と私だけが残る。両親は私を見下ろして睨みつけてきた。

「いつでもここから出て行っていいぞ」

「あなたなんて、どこへでも行きなさい」

ダメだこの両親。早く出て行かないと。私の心に一つの決心が生まれた。

12　目標は市民権

あれから両親は集落の手伝いに渋々行くようになった。集落を追放されることは避けたかったみたいだ。でも、手伝いから帰ってくるととても不機嫌そうな顔をしていた。きっと、何か言われたのだろう。

私への当たりがきつくなるかと思いきや、そうではなくて完全無視の態度に変わった。先日に言っていた事が本心だったのだろう、私をいないかのように扱ってここから逃げるのを待っているみたいだ。

これはこれで良い。怪我をするよりも無視のほうが楽でいいしね、ただ気分は良いものじゃないけど。うちの両親は子供みたいで、見ているこっちが情けなくなるね。

危害が加えられる前に時機を見てここから違う場所へ移った方がいいかもしれない。先日十三人の難民がここを出たばかりだから、空き家は残っているんだと思う。そこに住まわせてもらえないかなぁ。

私は早速、女衆に相談してみた。

「両親から離れて違うところに住みたいだって？　そうさねぇ、可能といえば可能だけど……今の状況では周りからの賛同を得られないだろうね」

「今は特に実害がないんだろ。それじゃ、無理だと思うよ」

「でも、何かあったら相談するんだよ。そん時は他の空き家を使わせてもらえるように掛け合ってあげるからね」

「分かりました。その時はよろしくお願いします」

ダメだったか、残念だ。でも、心強い言葉を貰えて一安心した。今度身に危険が迫った時は遠慮なく相談させてもらうことにしよう……信用って本当に大事なんだね。手伝いする前に比べれば雲泥の差だ。

いずれ両親の下から離れるのは決定事項だけど、具体的に離れたら何をするのか考えておかないといけない。私は両親から離れて何をすればいいのだろう。

まずは難民からの脱却だ。配給だけでこの先ずっと生きていけない、というかそれだけで生きていきたくない。これは難民の誰もが思っている事。

私はここではないどこか、そうだ町に住んでみたい。難民では町に住む資格がなくて家を借りれないし買うこともできない。難民を脱却しなければ町に住むなんて夢のまた夢で終わってしまう。

町に住むための市民権はどうしたら手に入るのだろうか。私でも思いつくことなんだから、他の難民たちだって思いつくよね。きっとその市民権を手に入れるために、朝の配給を受け取った人は町に行って働いているんじゃないだろうか。

だったら、私も朝の配給を受け取りながら町の中に働きに出て行けばいいんじゃないかな。確か子供も町に行っているはずだから、働き口があるんだと思う。そうやってお金を貯めながら市民権を得るために働いているかもしれない。

……私が聞いても答えてくれるかな。もう大丈夫だよね、以前みたいにダメだって言われないよね。うぅ、聞こうと思ったら不安になってきちゃった。

えぇい、度胸を出せ。ダメだったらもっと信用を得るために頑張ればいいんだから。そうだ、一回ダメだったからって諦めることなんてできないよね。

私は勇気を出して話しかけてみることにした。他の難民たちから話を聞いて、今日町に行っていない朝の配給を受け取っている人がいないかを尋ねる。すると、一人の女性に辿り着くことができた。

「すみません」

「あら、どうしたの」

家を訪ねると不思議そうな顔をして姿を現してくれた。嫌悪感は全くなく普通の対応をしてくれている、これはいけそうだ。

「私、難民をやめて町に住みたいと考えています。でも、何をしたらいいのか分からなくて、色々と教えてくれませんか？」

「そうなの。いいわよ、私で良ければ教えてあげるわ。さぁ、家の中に入って」

やった、話してくれるって！　嬉しくて笑顔になると、その女性も笑顔で応えてくれた。そうして家の中に入ってみると、床にはゴザが敷かれていて、その上には小さいながらもイスやテーブルさえあった。すごい、同じ難民なのに家の様子が全然違う。

イスに座るように促されると、私はおそるおそる座ってみる。硬い木のイスだけど感動した。その女性もイスに座るとすぐに話してくれる。

「まず、町に住むには市民権が必要だわ。市民権を得るためには二種類のやり方があるの。まずお金で市民権を買うこと、これは領主さまからお金で市民権を買うことになるわ。あとは冒険者でBランクになること、Bランクになると誰でも町に住むことができるようになるわ。これは町に高ランクの冒険者が居ついてもらうための手段だって聞いているの」

なるほど、市民権はお金で買うか冒険者でBランクになるか、二つの手段があるんだ。

「ちなみにここから一番近い町に住むためには四十万ルタのお金が必要よ。また、町によって必要となるお金も変わってくるわ。ただの移住であれば必要なお金がもっと安く済むって聞いたことがあるわね」

四十万ルタか、高いのか安いのか全然分からない。普通の移住にもお金がかかるらしいけど、難民よりかかるお金が安いのはなぜだろう。どんな理由であれ難民となった時点で恵まれないのは決まりごとのようにも思える。

「難民の中にはすでに市民権を買っている人もいるわ」

「えっ、どうして町に住まないんですか？」

「それは町に住むためのお金が足りないからよ。家賃を払わないといけないし、家具とか道具も買わないといけない、食料だって必要だわ。だから正規の仕事が見つかるまで難民で我慢して日雇いの仕事をしている人たちはいるわ」

もう市民権を手にした人がいるんだ、すごい。でも市民権だけでは町に住めないみたい。そうだよね、市民権の他に必要なものが沢山あるんだから。市民権を手にしてそれで終わりっていうことにはならないんだ。

「お金を稼ぐ手段なんだけど、難民は冒険者登録をして仕事を請け負っているのよ」

「女性も子供もみんな冒険者登録しているんですか」

「えぇ、ギルドから日雇いの仕事を請け負ったりしているの。大人向けや子供向け、男性向けに女性向けと色んな仕事があるわ」

そっかみんな冒険者登録をして色んな仕事を請け負ってお金を稼いでいるんだ。しかも、幅広い仕事があるらしいから私は子供向けの仕事をしたらいいんだね。話を聞くと自分が何をしたらいいのか分かってきた。

「だったら、私はギルドに行って冒険者登録をすることが必要なんですね」

「そうなの。だけどね、その前にやることがあるのよ」

「冒険者登録の前に、ですか」

すぐに冒険者登録ができないなんて、一体どんなことが必要なんだろう。不思議そうに女性を見つめていると、その女性ははっと気づいたように手を叩いた。

「そうだわ、明日途中まで町に行ってみない。そこで説明してあげるわ」

その申し出に私は飛びついた。まさか現地に行って説明してくれるなんて、優しい人で本当に良かったよ。脱難民に一歩踏み出したことになるのかな？

13　ホルト町

翌日、私は初めて朝の配給に並んだ。覇気のない人が多い昼の配給とは違い、朝の配給はとても活気があった。ガヤガヤといろんな話し声が聞こえて、時折笑い声まで交じっている。朝と昼でこんなにも違うんだ、ととても驚いた。

朝の配給を受け取る人はほとんどが町で冒険者として日雇いの仕事を請け負っている人らしい。道理で体格のいい人や身ぎれいな人が多いはずだ。私も町で働くんなら身ぎれいにしないといけないね。

しかも、それだけじゃない。配給のスープの具が多いのだ！　私は昨日のお姉さんに聞いてみた。

「あの、どうしてスープの具が多いんですか？」

「これはね、みんなで働いたお金で食材を買っているからなのよ。配給品の野菜と干し肉だけじゃ物足りないもの」

なるほど、良いことを聞いた。そうだよね、配給品の量は飢えない程度の量しか貰えないんだから、働くためには食べ物がもっと必要なんだよね。私も朝の配給を受ける時はお金を預けるか、自分で食材を買うかしないといけない。

「そうだ、芋は昼ごはん用にポケットとかに入れておくといいわ。後でお腹が減るでしょう？」

「そうですね、そうします。本当に色々とありがとうございます。今度、穴ネズミとか魚とかお渡しします」

「ふふ、それなら配給に混ぜてもらった方が嬉しいわ」

「はい」

なんて良い人なんだ、私は感動して胸が熱くなった。私も困った人がいたら手を差し伸べることができる人になりたい、このお姉さんみたいになりたい。

私たちは配給を食べ、後片付けをする。みんな仕事があるからなのか、動きがテキパキとして速い。目標があると人ってこんなに変われるものなんだね、本当にすごい。

全ての片づけが終わると、今度はみんなで町まで移動をする。私はお姉さんに引っ付いて集落を後にした。

◇

集落から町まで徒歩で一時間かかった。町は五メートルくらいの壁で囲まれていて、門を使って行き来している。門には難民たちが押し寄せて、門番たちが何かを確認しながら町の中へと入れていた。

私とお姉さんは少し離れたところからその光景をみている。

「あれは何をしているんですか?」

「証を確認して中に入れているの。証っていうのは住民証、ギルド証、商証とかあるわ。というのも、外部の人が町に入るには通行料っていうのが必要なの。この町は二千ルタを徴収しているわ。でも、証があればそれが免除されるの」

なんと、町に入るのに税を取るのか。ということは、何もない私が入るためには二千ルタが必要だということだよね。

「難民が入れるのはギルド証があるからね。だからギルド証さえ発行してもらえれば、自由に出入りできるはずよ」

「町に入ったらすぐにギルドに行って冒険者登録をする、これが重要ですね」

「そうよ。だからリルちゃんがやるべきことは、町に入るための通行料を稼ぐこと、と」

「と？」

「冒険者登録に必要な登録料一万ルタを稼ぐ事よ」

冒険者登録に一万ルタ⁉

「普通の人なら苦もなく出せる金額だけど、難民には一つの壁なのよね」

「あ、あの……難民のみんな、ですか」

「えぇ、みんな町の外で通行料と登録料を稼いでいたわよ」

そ、そんな……町の外でどうやって稼げばいいの。だって稼ぐために町の中に入るのに、でもその前にお金を払う必要があって、働くためにもお金を払う必要があって……どうしたらいいのかな。

お姉さんから言われた言葉に私は驚きの連続だった。働く前の障害が大きくて軽く絶望する。もしかしたら、覇気のない昼の配給を受けている人はこのことに絶望した人たちだったりして。でも、難民の半数はこの壁を越えて冒険者登録をして働いているんだよね。

ん、ちょっと待って。難民の半数が冒険者登録をしていて、働きに出ているんだよね。中には子供もいるはずなんだよね。だったら、頑張れば私でもできるってことじゃない。

先ほどまで絶望した顔つきが緩んでいくのが分かる。そんな私の顔をみてお姉さんは柔らかく笑った。

「ふふ、リルちゃんも分かったのね」

「はい。半数もこの壁を越えて中で働いているんですよね。だったら、私だって頑張ればこの壁を越えることができそうです」

「そうよ、頑張れば越えられる壁なのよ。安心したわ、ここで諦めるとか言い出さなくて」

考えを止めるくらいに驚いたけど、そうじゃなくて本当に良かった。そうだよね、動き出したばかりなのに簡単に諦めることなんてできないよね。

「町に入れない難民のための商人が町の外にいるの。ほら、門から離れた場所を見て」

「あ、誰かが屋根の下に座ってますね」

「あの人が難民のために商売をしてくれるのよ。だけど、正規の値段よりは安く買われちゃうけどね」

なるほど、町の外に商人がいれば町の中に入らなくても物を売れてお金が手に入る。安く買われるのは残念だけど、難民相手に取引してくれることだけでもありがたいからそれくらいは仕方ないだろう。

「商売のことについてはあの人が説明してくれるわ」

「はい、ありがとうございます」

「私も一緒に行きたいけど、今日は働きにでなくちゃいけないからごめんなさいね。リルちゃん一人で行けるかしら」

「大丈夫です。私のためにも時間をとってくれて本当に助かりました」

「ううん、いいのよ。じゃ、頑張ってね」

そういうとお姉さんは町の門まで歩いて行った。最後の最後まで優しくていい人だったなぁ、今度何か差し入れしないと気が済まないほどに感謝の気持ちが溢れかえっている。私はお姉さんの姿が見えなくなるまで見送った。

よし、ここからは私一人でやらなくちゃいけないよね。ここまで来たんだから、しっかりと話を聞いてお金を稼ぐ手段を手に入れよう！

14　町外での商売と薬草摘み

お姉さんと別れた私は門の近くで商売をしているおばあさんのところまでやってきた。柱と屋根だけの建屋の下で様々な道具を広げてその場に座っている。私が近づくと顔を上げて話しかけてきた。

「買うのかい、売るのかい」

「あの、初めてで」

「そうかい、説明が必要なのかい」

うんうん、と頷くおばあさん。悪い感じがしなくて、ホッとした。

「あんた一人かい？　親御さんはどうしたんだい」

「私一人です」

「ふーん、子供一人でくるのは珍しいねぇ。まぁ、深くは追及しないさ」

簡単な確認をされて正直に答えても態度は変わらなかった。良かった、子供一人だから適当な感じにならなくて。

「私はここで難民相手に商売をするようにお役人からお願いされている。だから、お前さんがたを冷遇はしないし客として対応させてもらう。ただし、買う商品は二割増し、売る商品は二割減とさせてもらうよ。私も生活があるからね、それぐらいの旨味がないとやっていけないのさ」

お姉さんが言ってた通りだ。多少の損はあるけれど、私たちと対等に商売してくれることの方が大事だ。でも、役人さんがこの商人を置いてくれるように手配してくれていたなんて知らなかった。領主さまの指示なのかな、本当にありがたいよね。

「さて、実際買い取る物の話をしようか。買い取る物は獣の肉や薬草だよ。獣の肉は鹿、猪、鳥、ウサギ、穴ネズミ。この周辺に生息している獣の肉だったらなんでもいいよ」

「解体する道具がないので、そのまま持ってきても買い取ってくれますか？」

「もちろん、構わないよ。私がお前さんにオススメするのはウサギと穴ネズミの肉だね。その中でもウサギの肉は穴ネズミの肉より高めに買い取るから、捕獲できるんならウサギのほうがいいよ」

穴ネズミよりもウサギがオススメか、頑張ってウサギを捕った方が良さそうだね。よし、捕獲方法を考えないと。

「薬草は二種類ある。傷口に直接使うためのギタール草、鎮痛の効果があって飲み薬になるアッタイ草だよ。ほら、これが見本さね」

そう言ったおばあさんは並べてある薬草を見せてくれた。ギタール草は細長い葉っぱの形をしていて先っぽがギザギザしている形をしている。アッタイ草は丸い形の葉っぱで先っぽが尖っている形をしていた。

「ギタール草は一つ九十ルタ、アッタイ草は一つ八十ルタで買い取るよ。そうそう、ウサギは一羽二百六十ルタ、穴ネズミは百九十ルタで買い取ろう。獣は大きさによっては多少値段が前後するから、大きいのを捕るんだよ」

沢山探してお金を稼ぐか、頑張って捕まえてお金を稼ぐか……うーん、どっちが早くお金を稼げるんだろう。

「そうだ、あんたお金の数え方は知っているかい？」

「数え方ってなんですか？」

「知らないようだね。これから必要となる知識だ、教えてやるよ」

物心ついた時から難民だったからお金を見たことが無い。そういえば硬貨の種類も値段も全然分からないんだった。ここで教えてもらうのがいいよね、優しい人で本当に良かった。

「お金にはいくつか種類があって、その種類によって金額が違うんだよ。お金の種類は小銅貨、銅貨、小銀貨、銀貨、小金貨、金貨、大金貨がある」

「沢山あるんですね」

「沢山あるけど、実際使うとなったら限られてくるもんさ。いいかい、一枚の小銅貨で一ルタ、銅貨は十ルタ、小銀貨は百ルタ、銀貨は千ルタ、小金貨は一万ルタ、金貨は十万ルタ、大金貨は百万ルタ。これさえ覚えていれば後はお金の勘定を間違えない限り大丈夫さ」

全部で七種類あった。金貨なんて私には縁のない硬貨みたいだ。でも、そのうち貰えるような仕事ができるのかなぁ。

私はお金のことをしっかりと頭の中に叩き込んだ。そんな私を見ておばあさんが頷きながら少しだけ笑ってくれる。

「良さそうだね。後はお前さんの頑張り次第だよ」

「はい。色々教えてくれてありがとうございました」

「いいんだよ。早く難民から脱却できるといいね、頑張んな」

「はい！　すぐに行動しようと思います」

私はおばあさんに深々とお辞儀をしてその場を立ち去った。早くお金を貯めて、町の中に入って冒険者登録をするよ。

◇

おばあさんと別れた後、私はすぐに薬草を探し始めた。木の根元を確認したり、茂みの中をかき分けたりしながらあちこちと動き回る。

探している間にも穴ネズミの穴を見つけてしまう。手元に道具がないのがとても悔やまれた。今は町からの帰り道だから仕方ないけど、損した気分になってちょっと落ち着かない。

そのせいで集中力が落ちたのか、探し方が雑になってきていた。

「ダメダメ！　集中して薬草を探さなくっちゃ」

ペチペチと頬を叩いて仕切り直す。見逃さないように丁寧に探し続けると、草むらの中からギタール草の束が出てきた。やった、初薬草だよ。

私はその辺に落ちていた枝を手に持つと、薬草の根元を掘り起こすように地面を削り始める。おばあさんの所で見た薬草はしっかりと根までついていたのを、私は見ていた。多分、そのまま千切らないで根本までしっかりと掘り起こすのがいいと感じた。

慎重に掘っていくとギタール草の根が出てきた。そこからまた少し掘っていき、今度は優しく引き抜く。スポッとギタール草を抜くことができた。うん、上手に根までしっかりと採取できたみたい。

今度は隣にあったもう一株のギタール草にも手をつける。慎重に枝で根を掘り起こして、薬草を傷つけないように丁寧にやって。しっかりと根が出てくるまで掘ると、優しく引き抜く。うん、もう一株もしっかり抜けた。

上手く抜けた二つのギタール草を見て私の顔が緩む。これで百八十ルタになる。目標の一万二千ルタに一歩近づいたことになった。

まだまだ先は長いけど、時間がある時にコツコツやっていけばきっとあっという間に目標に辿り着くよね。よし、気合入れてもう少し探そう。

ギタール草と枝を手に持ちながら、他に薬草が無いか探し始める。キョロキョロと辺りを見渡して、ふっと振り向いた先に見覚えのある草を見た。駆け足で近寄ってしゃがんでみると、そこにはアッタイ草が生えていた。

やった！　この調子で沢山見つけていくよ。

15　ウサギの捕獲と初めての買い取り

草むらから二つの茶色い耳が出ている。その耳は忙しなく動いて、周囲を警戒していた。

私はできる限り近づくと、片手に持った石を構える。良く狙って持っていた石を全力で投げた。石は草むらに隠れたウサギに向かって飛んだはずだが、当たった衝撃はない。石が飛ぶとガサガサと音がした後に、ウサギがピョンと草むらから出てきた。

全くの無傷だ。石で気絶させようとしたが上手く当たらなかったらしい。仕方がない、私はウサギ目がけて石オノを振りかぶって投げた。石オノは回転しながら飛んでいき、ウサギの一歩手前の地面に突き刺さる。

すると、ウサギは驚いたのかその場を走り去ってしまう。

「ま、待って！」

すぐに走って石オノを回収するとウサギの後を追った。ウサギは木々の隙間を縫うように走り、どんどん先に行ってしまう。離されないように懸命に走っていくと、ある場所についた瞬間ウサギの姿が消える。

慌ててその場を確認すると、そこには穴が開いていた。

「はぁはぁ、穴に逃げられちゃった」

息を整えながら穴を見つめる。どうにかして穴に入ったウサギを捕まえたい。ウサギは穴ネズミみたいに簡単に餌に釣られないので、あの方法は取れないだろう。だから、別の方法でウサギを穴から出さないといけない。

うーん、どうしようか。しゃがみながら考えてみる。穴、穴……ん？　ひょっとしてこの穴、大きいんじゃない。そしたら、自分の体が入るかもしれないな。

近くに寄って穴の大きさを測ってみる。うん、私の体が入れる大きさだ。だったら、私が穴の中に入ってウサギを外に連れ出せばいいんだ。土で汚れちゃうけど、洗えば問題ないよね。

早速、地面の上にうつ伏せで寝そべり、穴の奥に向かってほふく前進を始める。腕を動かして、足で地面を蹴る。頭が天井について崩さないように慎重に奥へと進んでいく。

腰まで穴の中に入ると、奥の方に毛玉みたいなものが見えた、ウサギだ。手を伸ばすとウサギが暴れるが、ウサギが出られる隙間がないため逃げられることはない。

暴れる足を何とか掴み、今度は掴んだ足を離さないように後ろに下がっていく。手を離さないように慎重に穴から這い出ると、すぐに石オノを手に持つ。そして、ウサギの頭目がけて石オノを振り下ろした。

「キュッ」

鳴き声を上げてウサギは体を強張らせて痙攣する。そこにもう一撃食らわせると、今度は体を痙攣させてぐったりと動かなくなった。

すぐに木にぶら下がっていた蔦を引きちぎると、ウサギの足に巻き付けて縛っていく。両足を縛り終え、ようやく一息つくことができた。

「ふぅ、ようやく一羽か」

ウサギを捕まえるのは結構大変だ。でも穴ネズミは集落のために残しておきたいし、ウサギを捕獲して売るのがいいのかな。それとも違う捕獲の仕方を考えた方がいいのかもしれない。

ウサギを背負い、再びウサギを探しに森を歩いていく。

あの後、一羽のウサギを発見した。今度は石オノを投げると、それがウサギに命中して捕獲することができた。多分、まぐれ当たりだよね。私も信じられなくてポカーンとして、しばらく動けなかった。

二羽のウサギを捕まえた私は昨日採った薬草を持って、町外で商売をしているおばあさんのところまで歩いていく。町の城壁が見えてきた。さて、おばあさんは今日はいるのかな。

あ、いた。前回いた場所に同じように座っていた。

「こんにちは」

挨拶をすると顔を上げてこちらを見る。

「あー、はいはい。こんにちは。早速来たね、まぁ座んな」

おばあさんの誘導に従ってお店の前に座った。それから背負っていたウサギを下ろし、肩にかけた蔦の籠も下ろす。今日は初めての買い取りだ、ドキドキするな。

「あの、買い取りお願いします」

「どれどれ、見せてみな。ほうほう、これは大きなウサギと薬草だね。ちょっと待っておくれ、今ウサギの長さを測るからね」

二羽のウサギを差し出すと、おばあさんは地面にウサギを真っすぐにして並べた。隣に置いてあったカバンの中から一本の紐を取り出すと、伸ばしてウサギの体に当てていく。

「こっちのは普通よりも大きいね、二百八十ルタにしよう。こっちは普通よりも大きいけど、ちょっと足りないね。二百六十ルタになる。合計でいくらになるか分かるかい？」

「えっと五百四十ルタ、ですか」

「正解。難民の子供なのに計算はできるんだね。中には全然できない人もいるから、お前さんは大丈夫だから安心したよ」

しまった、前世の記憶があるから普通に計算しちゃったよ。変に思われなくて良かったなぁ、今度から気をつけた方がいいのかな。でも、これから色んな仕事をやらなくちゃいけないから、できることは多い方がいいよね。

今度は薬草だね。昨日採取したものも含まれているけど、大丈夫かな。しなしなにはなっていないから大丈夫だとは思うけど、当日に採ったものじゃないとダメってことはないよね。

「次は薬草だね。えーっと、ギタール草が四つとアッタイ草が三つだね。じゃ、お前さん計算しておくれ」

「えっと、ギタール草は一つ九十ルタだから全部で三百六十ルタ。アッタイ草は一つ八十ルタだから全部で二百四十ルタ。合計で六百ルタ、で合ってますか」

「……うん、大丈夫そうだ。その通りだよ、良く計算できたね。偉い」

ほっ、良かった合ってたみたい。褒められるってちょっとくすぐったいね。でも、嬉しい。

「全部で千百四十ルタになるね。さて、どの硬貨がどれくらいだと思う？」

「……銀貨が一枚、小銀貨が一枚、銅貨が四枚、ですか？」

「そうだよ、昨日の話しっかりと覚えてくれてたんだね。これだけ計算できて、お金の価値が分かるんなら町の中に入っても大丈夫そうだ」

おばあさんの問題に答えると、満足そうな顔をして頷いてくれた。良かった、間違わなくて。そうだよね、お金の数え方は大事だよね。おばあさんに教えてもらって本当に良かったな。

おばあさんがカバンの中から硬貨を取り出して差し出してくる。私はそれを両手で受け取ると、まじまじと手の平の中の硬貨を見つめた。これが初めて稼いだお金だね、受け取れて嬉しいな。

「おまけにこの袋をやろう。この中に硬貨を入れておけば管理もしやすいだろう。袋を無くしたり奪われないように、しっかりと隠しておくんだよ」

そう言ったおばあさんはカバンから一つの袋を取り出して手渡してきた。三十センチある袋には絞り口もあり、紐を引っ張ると袋の口が閉じる。

「こんなに良いもの、いいんですか？」

「いいも悪いも、お前さんはこういう物を持ってないんだろ。難民には必要最低限のものしか与えられていないって聞いているからね、こういう物も不足しているんだろ？」

「はい。本当にありがとうございました」

やった、硬貨を入れる袋を貰えたよ。袋を開けて硬貨を入れるとジャラジャラと良い音がした。働いて稼いだお金の音ってすごくいい音に聞こえるよ。

「これからもよろしくお願いします」

「はいよ。頑張って冒険者になりなよ」

「はい！」

立ち上がって深々とお辞儀をする。顔を上げるとおばあさんは笑って手を振ってくれた。私は手を振りながら森へと帰って行く。

残り一万八百六十ルタ、頑張って稼ぐぞー。

16　いざ、町の中へ！

私は冒険者を目指して本格的にお金を稼ぎ始めた。と言っても集落のお仕事と並行してやりながらだから、毎日お金稼ぎができる訳じゃないけどね。

集落のお手伝いは週に水汲み一回、穴ネズミの捕獲が一回、魚の捕獲が一回だ。私がお金を稼ぎ出したことを知った女衆が他のお手伝いもしているから水汲みを一回に減らしてもいいよって言ってくれた。

お陰で順調に薬草採取とウサギの捕獲が進んで、少しずつお金が貯まっていった。お金が貯まると袋が膨れてきて、それを見るだけでも嬉しくて顔がにやけてくるのが分かる。

ちなみにお金はお家の中には持ち込まなかった。家の裏手にある木の根本に穴を掘って、そこにまとめて隠しておいてある。両親に見つかったら奪われちゃうからね、私に関心がなくてもお金にあったら困るしね。

両親とはまだ一緒に暮らしているけど、お互いに無視している状態だ。今まで一緒だった寝床も移動して今では別々の部屋で寝ることにしている。

あれから本当に一言も話さない状況だけど、とても気が楽だ。後は私が稼いだお金に興味を持たれないように静かにすること。あ、私がお金を稼いでいることも分からないんじゃないかな。そうだったらいいな。

そのうち、ここを出て行くための居場所を確保しないと。まぁ、冒険者になったとしてもしばらくは一緒に暮らさないといけないよね。うーん、他の家に移り住んで良いか今度聞いてみよう。

さて、そろそろウサギの捕獲に行きますか。あと買い取り一回で一万二千ルタが貯まりそうなんだよね、今度も二羽捕まえるぞー。

「今日は八百五十ルタだね」

「はい、ありがとうございます」

今日も無事ウサギを二羽捕まえる事ができた。薬草はちょっと少なめだったから千ルタ超えなかったのは残念だ。

おばあさんからお金を受け取ると、それを硬貨袋の中に入れた。ふふふ、これで一万二千ルタが貯まったよ！

「おや、随分嬉しそうな顔をしているね。目標の金額が貯まったのかい？」

「はい、これで冒険者になれます」

「それはそれは、良かったねぇ」

私がニヤニヤと笑っているとおばあさんに気づかれてしまった。それもそうだ、ずっと袋の中を眺めていたんだから。

「短い間でしたが、色々と教えてくださってありがとうございました」

「いいんだよ、これが私の仕事さね。でも、大変なのはこれからも一緒だからね。めげずに頑張んな」

「はい」

そっか、これでおばあさんともお別れなんだね。本当にこの人には助けられたし、今後のために色んなことを教えてもらったな。こんな難民相手にも差別なんかせずに接してもらえて、本当にありがたかった。

なんだか、これでお別れになると思っちゃったら寂しくなっちゃったよ。

「ほら、そんな顔しないんだよ」

「……はい」

「お前さんは難民をやめたくてここに来たんだろ、目標を忘れちゃいけないよ。どっちかっていうと、胸を張ってここからお別れしてくれたほうが私も嬉しいさ」

おばあさんはこんな私を励ましてくれた。少しの期間しかやり取りしないただの子供に、最後まで優しくしてくれて胸が一杯になる。

ぐずぐずとしていると目が潤んでくる。

「私、おばあさんに会えて本当に良かったです」

「それは私もだよ。お前さんみたいな難民がいると知ったからこそ、もっと難民のためになりたいと思っちまったよ。まだまだ、この商売からは足を洗えないねぇ。いやー、困った困った」

はっはっはっ、とおばあさんは楽しそうに笑ってくれた。それだけで胸の奥が温かくなって、私も自然と笑ってしまう。

「いってらっしゃい」

「いってきます」

こうして、私はおばあさんと笑って別れた。そうだ、私の目標はまだまだ遠いんだから、ここで

立ち止まってなんかいられないよね。

貯まったお金を握り締めて、一度集落へと戻っていった。明日は町の中に行くよ。

翌日の朝、私は久しぶりに朝の配給に並んだ。昨日のうちに水浴びを済ませて、町へ行くために身ぎれいにした。服はちょっとボロなのはどうにもできないのが悲しいけど。

ガヤガヤと賑やかな中で具沢山のスープを食べる。その時、声をかけられた。

「あら、リルちゃんじゃない。珍しいわね、朝の配給に並ぶの」

「あ、お姉さん。実はお金が貯まったので、今日から町に行くんです」

振り向くと色々と教えてくれたお姉さんがいた。正直に話すと、お姉さんは少し驚いたような顔をする。

「そうだったの、おめでとう。水くさいわね、貯まったら言ってほしかったわ。一緒にギルドに行きましょう」

「いいんですか、ありがとうございます。一人じゃちょっと心細かったんです」

「そうでしょ。頼ってくれてもいいのよ、ここにいるみんなもそうだったんだから。もちろん、私もね」

お姉さんはどこまでも優しかった。私はその言葉に甘えることにして、一緒にギルドに行くことにした。

一緒に食事をとって、みんなと一緒に後片付けをする。私は今日から町に行くことになると話すと、みんなが温かく迎え入れてくれた。困ったことがあったら相談してほしい、とも言われて嬉しくなった。私もこの一員になるんだと思ったら、やる気が溢れてくる。

そうして、私たちは町へと移動を始めた。町までは一時間、おしゃべりをしながら歩くのはとても楽しい。初めての町だから浮かれているのかもしれないけど、足取りはとても軽かった。

あっという間に町の門まで辿り着く。私は初めて門の前に並び、順番を待つ。手には今まで貯めたお金を持って、その時を待った。

「次の人」

「はい」

ようやく、私の番が来た。おそるおそる前に出ると、鎧を着た門番が話しかけてくる。

「証の確認か通行料二千ルタだ」

「通行料でお願いします」

私は硬貨袋から銀貨二枚を取り出して差し出した。すると、門番が少し驚いた顔をした後に銀貨を受け取る。

「そうか、君は今日が初めてか」

「は、はい。これからよろしくお願いします」

「こちらこそ。ようこそホルトの町へ」

そう言った門番はにこりと笑ってくれた。難民なのに差別なく受け入れてくれて、この町は良い町だなっと思う。町だけじゃない、あのおばあさんも、役人さんも、領主さまもだ。難民のことを考えてくれて、手を差し伸べてくれる。

私は門番に深々とお辞儀をして、門の中に入って行く。上を見ながら入って行くと、奥の方に町並みが見えてきた。この世界で初めて見る立ち並んだ家屋が見えて、胸が高鳴る。

私、ようやく町の中に入れるんだ。そして、これから冒険者になるんだね！

冒険者ランクF

tensei nanmin syojo ha
shiminken wo ZERO karamezashite
hatarakimasu!

17　冒険者ギルド

　初めての町の中はとても興奮した。並んだ家屋、朝早くに忙しく行き交う人々、馬が引く荷馬車。今までいた集落とは違う光景を見て、ワクワクが止まらない。

　難民たちが列になって歩いているのに、好奇な目は向けられなかった。早いうちから外に出ている人が少ないのもあるが、難民に向ける厳しい目がなくて安心する。

　そのまま進んでいくと、大きな建物が見えてきた。それは三階建ての建物で他の家屋とは比べ物にならないくらいに大きい。その中に一部の難民たちが入って行く。

「お姉さん、これが冒険者ギルドですか？」

「えぇ、そうよ。大勢の人が行き来する建物だから、こんなに大きいのよ」

「なんか、ちょっと入るの躊躇しちゃいますね」

「ふふっ、そんなのはじめだけよ。慣れてくるわ」

　こんな大きな建物に入り慣れるとか、本当かな。変に緊張してきちゃった。

　お姉さんが先に建物に入り、私は追うように後についていく。中に入ると、目の前には大きなホールが見えた。その隣には同じくらい大きなホールにテーブルやイスが並べられた場所があり、少ないながらも冒険者らしき人たちが座っている。

ホールの奥は長いカウンターが並んでおり、そのまた奥にはギルドの受付の人が十人程度並んで座っていた。

「あの、私はどこに並べばいいんでしょうか」

「リルちゃんはこの行列の隣にいる人のところに行けばいいわよ」

「えっと、誰も並んでないんですけど……いいんですか」

「いいの、いいの。あそこは冒険者登録専用の場所だからね。リルちゃんが行くべき場所よ」

行列のある中で行列じゃないところへ並ぶのは、ちょっと勇気がいる。本当にここに並んでいいのか不安になってしまうからだ。お姉さんは背中を押してくれるけど、中々足が進まない。

「詳しい話は私じゃなくて、あの人がなんでも話してくれるから大丈夫よ。しかも、そのまま仕事の斡旋もしてくれるから安心してね」

「……はい、分かりました。私、行ってきます」

「そうそう、その調子よ。私は新しい仕事を取らないといけないから、この行列に並ぶわ。頑張ってね」

「お姉さんも頑張ってください」

覚悟を決めて歩き出すと、お姉さんが優しい言葉でまた背中を押してくれた。私は行列の横を歩き、受付のカウンターまでやってくる。すると、目の前の受付のお姉さんが柔らかく笑ってくれた。

「冒険者ギルドへようこそ。こちらは新規の冒険者登録の場所ですがお間違いないですか」

「はい。冒険者登録に来ました。よろしくお願いします」

「はい、お任せください。どうぞ、イスにお掛けください」

言われるままイスに腰掛けると、受付のお姉さんは話を続ける。

「冒険者について説明させていただきます。冒険者はランクによって受けられる仕事が違います。高い順からS、A、B、C、D、E、Fと七段階にランク分けされております。請け負った仕事をこなしていくとランクが上がるシステムになっています。初めての方はFランクからになりますね」

なるほど、市民権を貰えるBランクには四段階のランクアップが必要なんだね。

「またギルド員の推薦があれば一つ上のランクの仕事を請け負うこともできますので、その時はご相談ください。次は規則や仕事を請け負った際の注意点になります」

受付のお姉さんは丁寧に規則の話をしてくれた。その規則は他の冒険者たちへ危害を加える行為は禁止する、と言ったもの。あとは普通の生活態度で過ごしているのであれば問題のない話ばかりだった。

「では、次に冒険者登録をします。登録手数料の一万ルタを出してください」

「はい」

硬貨袋を取り出して、中から様々な硬貨を出していく。うぅ、こんなに一杯の硬貨を出して迷惑じゃないかな。

「すいません、硬貨が一杯で」

「大丈夫ですよ。えーっと……うん、一万ルタ丁度お預かりしますね。ちゃんと計算できるのはすごいことですよ」

「ありがとうございます」

お姉さんの笑顔は崩れることなく、しっかりと数えられた後に褒められてしまった。良かった、難民の子供だから可笑しいとは思われていないみたいだね。だったら、計算できるのが私の武器になるのかな。

「では、こちらの水晶に手をかざしてください。これは鑑定の水晶と言って、手をかざした人の情報を映す特別な物となります」

「へー」

「手をかざして、情報を受け取り、その情報を基に冒険者登録をしていきますね。ここで抜き取った情報はギルド本部にあります大水晶の中に記憶されて、どこのギルドでも情報が見られたり管理できたりします」

ファンタジーなのかSFなのか分からない超技術ってことなのかな。おそるおそる水晶に手をかざしてみると、ボヤーと薄く光り出す。しばらくすると光が収まり、代わりに水晶の中に文字が浮かびだした。どうしよう、全然読めない。

「文字と記号は読めますか?」

「あの、読めないんです」

「それでしたら代読いたしますね」

そうだ、この世界の文字読めないんだった。読めないのは受ける仕事に制限が出てくるはずだから、仕事の幅を広げるためにも文字と記号の勉強もしないとね。

受付のお姉さんの話では、私のステータスは以下の通りだった。

【名　前】リル
【年　齢】十一
【職　業】難民
【　力　】D
【体　力】D＋
【魔　力】C
【素早さ】D＋
【知　力】C＋
【幸　運】B

「リル様は幸運が一番高いですね。次に知力です。横についている＋はもう少ししたらランクが上がる印です。体つきはまだ子供なので能力値は低めですね。魔力があるようですが、魔法は使えますか？」

「いいえ。魔法はどこで教えてもらえますか？」

「ギルドの三階に図書室がありますので、そこにある本で知識を得たりですね。あとは他の冒険者に魔法を教えてもらったりです。魔法を教えてもらうために仕事で依頼することも可能ですよ」

魔法、魔法が使えるんだ！　絶対に魔法を習って使ってみたい。あ、魔法よりも先に文字を覚えないと、本が読めないよね。

「文字を覚えるのも三階に行けばいいですか」

「はい、三階に文字を覚える本もあります。詳しくは司書にお尋ねください。何か分からないところがありましたら、答えてくれますよ」

よし、仕事の合間に文字の勉強を進めないといけないね。急にやることが多くなってきたなぁ、焦らずに一つ一つクリアしていこう。日常のお手伝いも忘れずにしないとね、冒険者になったとしてもまだ難民なんだから。

「では、最後に仕事の斡旋に移らせていただきます」

さて、どんな仕事があるのかな。

18　初仕事はゴミ回収

「Fランクでリル様が受けられる仕事はこちらになりますね、代読させていただきます」

受付のお姉さんは四枚の用紙を私の前に出してきた。

「常設クエストの薬草採取。庭の草むしりと害虫駆除、四千ルタ。倉庫の掃除と整頓、五千ルタ。第四区画のゴミ回収、六千ルタ。以上の四つがリル様にとって最適なクエストとなります」

なるほど、文字が読めなくても大丈夫なクエストだね。一つずつ検討していこう。

薬草採取は経験があるから、簡単にできそうだね。でも、こっちではいくらくらいで買い取ってくれるんだろう。

「ちなみに、薬草はいくらで買い取ってくれますか？」

「リル様ですと、ギタール草とアッタイ草の採取が最適と思われます。ギタール草は百三十ルタ、アッタイ草は百ルタで取引できますよ」

おばあさんの時よりも値段が上がっている。他のクエストと比べてみたら、薬草採取は数を採らないといけないみたいだね。でも、一日で沢山見つけるのは無理があるし、薬草採取はパスかな。

薬草採取は集落のお手伝いの日にコツコツ探してみよう。

残りの三つは依頼された仕事だね。ここは値段が一番高いものを選んでみよう。

「ゴミ回収でお願いします」

「はい、分かりました。では、あちらの札がぶら下がっている場所でお待ちください。時間になりましたら担当の者が来ます」

すんなり通っちゃった。受付のお姉さんが教えてくれた札の所を見ると壁際だった。そこには数人の人がすでに待っている状態だ。

「では、こちらが冒険者証になりますので大切にお持ちください」

そう言って渡されたのは、金属でできた冒険者証。なんて書いてあるかは分からない。早く文字を習わないとね。

受付のお姉さんにお辞儀をすると、札がぶら下がった壁際まで行く。初めての仕事にドキドキしながら、ボーっとする。

「あんた、初めて？」

「えっ」

急に話しかけられてビックリした。振り返ってみると、私よりも少し背の高い女の子がいた。見た目は少しだけ傷んだシャツとスカートを穿いて、赤茶色の髪を後ろで結んでいる。……難民ではないのかな。

「今日から冒険者登録をしたリルっていいます。十一才です」

「ふーん、今日からなんだ。私はカルー、十二才よ。ところで、あんた難民？」

「……はい」

「やだ、おびえないでよ。別にどうこうしようっていう訳じゃないから。ただ、同世代の同性の子が珍しかっただけ」

カルーといった子は気さくに話しかけてくれたみたい。私が難民として意識しすぎちゃったみたい、ちょっと恥ずかしい。

「私はこの町の孤児院にいるの。孤児院のみんなのために働きに出ているってわけ。リルは？」

「私は難民から市民になりたいので、お金を貯めているところなんです」

「難民はそうよね。町の外で暮らすのって大変でしょ」

「大変だけど、慣れると平気です」

そっか、この町には孤児院があるのね。カルーの姿を見てみると、町娘に見えるくらいに服装や身だしなみが整っている。きっと、良い孤児院なんだろうな。ちょっと羨ましくなっちゃうね。

そこに一人の男性が近づいてきた。

「ゴミ回収の担当だ、待たせたな。お、今日は初見の子がいるな」

「あっ、今日から冒険者になりましたリルです。よろしくお願いします」

気さくに話しかけてきた人が担当なんだね。第一印象が大事だ、しっかりと自己紹介をした。担当の人は笑顔で受け入れてくれた、掴みはいい感じだ。

「ねぇ、班長。この子への説明は私に任せてくれない」

「ん、いいのか？　色々と教えてやってくれ。じゃ、移動するぞー」

話もそこそこに班長はギルドから出て行こうとすると、その後をクエスト受注者が追って行く。私は、とりあえずカルーについていけばいいのかな。

「リル、とりあえず移動するわよ」

「はい、お願いします」

「ふふ、任せなさい」

なんだか嬉しそうだけど、どうしたのかな？

◇

大通りを歩いていく。通りは少しずつ人が増えてきた印象で、活気が出始めていた。

「今日の回収は第四区画ね。この町を四つに分けて管理しているらしくてね、今日はそのうちの一つの区画のゴミ回収をやるわ。ちなみにゴミ回収のクエストは一日おきにあるの。だから、明日はゴミ回収のクエストはないわよ」

カルーは歩きながら色々と説明してくれた。自信満々に説明してくれる姿はちょっと面白い。背伸びしたいお姉さんみたいな感じがして、見ているだけでこそばゆい気持ちになってしまう。

「台車を押してゴミの回収をするんだけど、それは実際に台車を前にした時に説明するわ。そう言っていたら、倉庫についたわね」

町外れの場所まで移動すると木造の小さな倉庫があった。班長が倉庫の鍵を開けて扉を開くと、十台くらいの台車が置いてあるのが見える。その台車の上には私が入れるような大きさの箱が置いてあった。

「あの箱が回収したゴミを入れる箱よ。箱に入らない物があったら、箱の前にあるスペースに置いておけばいいわ」

「ゴミの回収って一軒一軒、訪ね歩けばいいんですか？」

「いいえ、違うわ。台車には鐘が備え付けられていて、歩きながら音を鳴らすと、ゴミを捨てたい人が家から出てくるの。そしたら、立ち止まってゴミを箱に入れてもらえばいいわ。とりあえず、回収の説明は以上ね」

そっか、音を鳴らしながら歩いていれば人が寄ってくるもんね。ゆっくりと歩きながら鐘で音を鳴らす、人が来たら止まって箱の中にゴミを入れてもらう。うん、分かりやすい、これならできそう。

他の人たちが次々と台車を手に取って押して倉庫を出て行く。私もそれに倣い台車を取ると、ゆっくりと押して出て行く。するとカルーが待っていてくれた。

「じゃ、第四区画まで行くわよ」

私はカルーに連れられて第四区画まで移動を開始する。

十分くらいで第四区画と言われる場所に辿り着いた。他の人たちは細い路地に入って行くが、私はカルーの後を追って行った。

「あなたはこの路地に入ってね。私は隣の路地から入るから」

「はい。ちなみにどこまで行けばいいんですか？」

「どの路地も突き当たりがあるからそこまで行ったら戻ってくるのよ。突き当たりには曲がり角もあるんだけど、曲がらないで戻って来てね。戻ってきたらゴミを町の外に捨てに行くんだけど、そこには一緒に行きましょう。お互いに終わったらこの辺で待ち合わせしましょう」

お互いに行く路地を指さしで教えてくれた。ここからは一人か、カルーがいるだけで心強かったからちょっとだけ不安だな。でも、これが難民脱却の第一歩なんだから頑張らなくっちゃ。

「見慣れない子がいるから、多分色々と話しかけられると思うから適当に相手をしてあげて」

「うぅ、難民だから冷たい言葉とか吐かれたりするんですか？」

「わざわざいう奴もいないと思うから安心して。どっちかっていうと気さくな人が多いから、愛想を振りまければ大丈夫よ」

そ、そうなのかな。カルーがいうんだからそうだよね。こんなところで負けてなんかいられないよね、不安は置いておいて自分のできることを精一杯しよう。

「じゃ、後でね」

「はい、後で」

そういったカルーは指さしていた路地に鐘を鳴らしながら入って行った。

よし、私も行くぞ。笑顔を作らなくちゃ、笑顔。ニコーッと頬を伸ばして、いざ出発！

◇

路地に一歩踏み出して、台車を押して進んでいく。台車の横には鐘がついており、鐘から伸びる縄を握ると振る。

ガラ〜ン、ガラ〜ン。

路地に鐘の音が響いた。ゆっくりと少しずつ進んでは、鐘を鳴らしていく。こんな感じでいいのかな……声とか出さなくてもいいのかな。初めての仕事だからあれこれと余計なことまで考えてしまう。

まだ始めたばかりだから、人は出てこないな。音を聞いてから動き出すから、タイムラグはあるのだろう。何度も鐘を鳴らしては少しずつ進んでいく。

その時、後ろからドアを開ける音がした。

「ちょっと待って」

声をかけられて、足が止まる。振り向くと三十代の女性が壺を持って現れた。駆け足で近寄ってきた時、私は箱の蓋を取ってあげる。

「ゴミはこちらでお願いします」

「はいはい、ってあら？　初めて見る子ね」

「あっ、今日から冒険者登録しました。リルと言います。これからもゴミ回収のクエストを受けようと思っています、よろしくお願いします」

「ふふ、丁寧な自己紹介ありがとう」

うっ、ちょっと丁寧すぎたのかな。ニコッと笑っているのだが、いらない力が入っているせいか口元が震えてくる。

女性は壺を逆さにしてゴミを箱の中に入れていく。ゴミは生ごみから良く分からないクズゴミなど色々入っている。その時、前からドアが開く音がした。

「あー、いたいた」

今度は五十代の女性が箱を抱えてやって来た。こちらの方は普通の歩く速度で近づいてきて、歩いている途中で私の存在に気づく。

「あれま、新しい子かい」

「はい、今日から冒険者登録しました、リルと言います。これからよろしくお願いします」

笑顔を崩さずに言えた。すると、そのおばさんは私を上から下までジーっと見てくる。うっ、これは。

「孤児院、の子じゃないね。あっ、もしかして難民の子かい？」

「はい、町の外から来ました」

この瞬間が緊張する。しばらく突っ立っているとおばさんは感心したように唸った。

「難民の子はみんな働きもんだね、羨ましいよ。私の娘も小さい時から働かせれば良かったよ」

「娘さん結婚して旦那さんの稼業手伝っているんじゃなかったでしたっけ」

「それがねぇ、忙しいって泣き言しか言わないのなんのって。小さい時から鍛えていれば、こっちに泣きつくこともなかったかもしれないって思ったらさぁ」

「えぇ〜、そうだったんですね」

おばさんは箱の中にゴミを入れながら話し始めてしまった。顔は女性に向いているが、手はしっかりと箱の中のゴミを落とそうと上下に揺れている。

その箱の中身が全部なくなると、そのまま箱を小脇に抱えてそのまま話を継続してしまった。えっと、これは先に行ってもいいのかな。

「えっと、ありがとうございましたー。それではお先に失礼します」

「あらやだ、ごめんなさいね」

「仕事頑張ってね」

良かった、話に夢中なだけだったんだ。ダメだな、色々と意識しちゃうから変な行動を取っちゃいそうで怖いな。

箱の蓋を一度閉めて、鐘を鳴らしながらゆっくりと歩いていく。後ろでは女性たちの楽しそうに話す声が聞こえている。

ガラ～ン、ガラ～ン。

その時、乱暴に扉が開く音がした。

「ったく、なんで俺が捨てに行かなきゃいけないんだよ。別に今日じゃなくてもいいじゃねぇかよ」

四十代の男の人が愚痴を言いながらこちらに近づいて来ていた。私はとっさに蓋を開けておく。

「ど、どうぞ」

「おう、わりぃな。ったく、ゴロゴロ寝やがって。こちとら、これから仕事なんだぞ。こんな子供も働いているってーのによ。なぁ、そうだろ？」

「は、は、はい」

壺からゴミを乱暴に出しながらも愚痴を続ける男性。急に話しかけてきたから言葉に詰まっちゃった。

「っし、終わりだ。お互い仕事頑張ろうぜ」

「は、はい。ありがとうございました」

「おう」

男性は気さくな感じで手を上げて、家の中に戻っていった。すると、扉の向こうからまた男性の怒鳴り声みたいなものが響いてびっくりした。あの家は大丈夫なんだろうか。

しばらく、呆然と立っている。あ、仕事しなくちゃ。鐘を鳴らして、ゆっくりと進んでいく。

ガラ～ン、ガラ～ン。

カルーの言った言葉が頭の中で聞こえてきた。気さくな人ばかり、そう言っていたけど本当にその通りだ。変に身構えなくても良かったんだなぁ。私の心は少しだけ軽くなった。

よし、今度はしっかり笑顔で対応してお仕事頑張ろう。

路地の奥まで進むと箱の中身が重くなった。両手で力一杯に押してUターンをして、元の場所に戻っていく。戻る時は鐘を鳴らさなくても大丈夫だから、台車を押すことに専念できた。

ガタゴトと台車が揺れると、ちょっと押すのが大変になる。箱を倒さないようにしないとね。

しばらく台車を押して行くとようやく路地から抜けることができた。

「リルー」

「あ、カルー。早かったんですね」

「いや、普通だったよ。リルのほうが遅かったんだよ、色んな人に話しかけられたでしょ。新しい人は珍しいからね」

「そうだったんですか」

確かにいろんな人に話しかけられて歩みは遅かったのかもしれない。でも、お陰で分かったことがある。この町は難民を受け入れてくれているということ。だから他の難民たちは嫌な顔一つしないで働きに出ていけるんだね。

「ほら、ゴミを捨てに町の外までいくよ。あと三回は回収しにこないといけないからね。早く仕事が終われば、その分早く帰れるからお得だよ」

「はい、お願いします」

カルーが先に台車を押して歩くと、私もその後を追った。

町の外まで続く門に辿り着くと、門番に冒険者証を見せて出て行く。初めてやってきた門に初めて冒険者証を使った、なんだか嬉しい。

「ここからもうちょっと歩くからね」

カルーの後についていく。木々をすり抜けた場所を進むと、いきなり視界が開ける。かなり広く木々が伐採された場所には大きな穴が開いていた。穴の大きさは十メートル以上もある。

「この穴がゴミを捨てる場所。ここにゴミを溜めて、火魔法で焼却するんだよ。箱は重たいから、二人で協力して運ぼうか」

「はい」

まずはカルーの箱を二人で持って穴の近くまでやってくる。それからゆっくりと箱を傾けてゴミを穴の中に入れていった。最後のほうには箱を揺すって残りのゴミを落としていく。

それが終わると今度は私の箱の番だ。同じようにゴミを捨てて、台車に戻していく。

「あ、そうそう。第四区画分のゴミの焼却が終わると、今度は穴の掃除っていうクエストが出るようになるのよ」

「穴の掃除？」

「焼却せずに残ってしまったガラスや鉄を回収するクエストでね、それらを町で再利用するんだって。それを集めて職人に売って、売ったお金はゴミ回収の報奨金に回されるんだって」

この町はリサイクルをやっているんだ。すごいなぁ、領主さまの発案なんだろうか。そうだよね、そのまま捨てるのは勿体ないから何かしらに再利用したほうがいいよね。

つくづくこの町の難民で良かったと思う。他の町ではどんな扱いなのか分からないからなんとも言えないけど、今までの待遇に文句は出てこない。それどころか称賛したいくらいだよ。領主さま、気になるなー。

「もし、余裕があったら受けてみなよ。早い者勝ちのクエストだから、いつもないんだけどね。ちなみにね、焼け残った硬貨なんていうのもあるんだよ」

「えっ、そうなの」

「見つけた場合は見つけた人の所有物にしてもいいっていう話だから、遠慮なく持っていくんだよ」

「そっか……クエスト受けれるといいなぁ」

「こればっかりはねー、運だよね」

うーん、気になるクエストだな。運か、運が必要なのかー。

「さ、次の回収に行こう」

「はい」

仕事が早く終わったら、残りの時間は何をしようかな。

◇

あれから三回ほど回収とゴミ捨てを繰り返して仕事は終わった。どの路地でも色んな人に声をかけられて、ちょっと恥ずかしかったな。でもどの人もいい人ばかりで本当に良かった。

みんなで小屋に移動して台車を片づけて、そこで仕事は終了。すると班長さんが現れた。

「今日もお疲れ様。報酬渡すから並べー」

そうだ、報酬があったんだ。他のクエスト受注者が並んだのを見て、私も急いで列に並ぶ。一人ずつ手渡しで報酬を渡しているらしい。楽しみだな、町の外で稼ぐよりも多くの報酬を貰えるのは嬉しいな。

そんなことを考えているとあっという間に順番がきた。

「初仕事お疲れさん。どうだった、大変だったか？」

「ちょっと大変でしたけど、皆さんいい人で元気もらっちゃいました」

「そうかそうか。クエスト見たら是非受けてくれよ。ほい、報酬の六千ルタだ」

「ありがとうございます」

手渡しで渡される銀貨六枚。こ、こんなに銀貨をもらえるだなんて夢じゃないよね。早く硬貨袋に入れないと、落としちゃいそうで怖いな。ふふふ、こんなに稼げるなんてなぁ、嬉しい。

「ねーねー、リルー」

「はい、なんでしょう」

「そのお金ってどうするの？　家族に渡したりするの？」

そっか、こっちの事情をカルーは知らないもんね。話しても大丈夫かな。

「私、家族に見放されちゃったんです。だからこのお金は自分のために稼いだものです」

「そうなんだ、なんか悪いこと聞いちゃったかな」

「ううん、いいんです。もう割り切ったことですから」

うん、このお金は自分のために使おう。あとは集落のためにも使おう。親に知らせたら全部取られそうだからね、大事に隠しておかないと。それにしても、カルーは何を聞きたかったんだろう。

「カルーは孤児院のために使うんでしたよね」

「そうそう。でも、一部は自分のために使っているのよ。そうだ、これから一緒に遅い昼ごはん食べに行かない。いい場所知っているのよね」

「昼ごはん！」

朝早くから昼過ぎまで働いて、お腹がペコペコだ。集落に戻ったら食べるものはないし、川に行って魚を食べるっていう手もあるけど……町のごはんすごく気になる。このお金は自分で稼いだものだし、自分のために使ってもいいよね。

「ぜひ、連れてってください！」

◇

カルーに連れられて町の中を歩いていく。色んな人が行き交う町はにぎやかで、ついつい色んなものを見てしまう。いいなー、私も早く町に住んでみたいな。

すると、いい匂いが立ち込めてきた。肉の焼けた匂いに、スープの匂いも混ざっている感じだ。

「ここだよ」

カルーが指さした場所は一軒のお店。そのお店は扉のない構造をしていて、座席が外まで広がっている開放的な場所だった。そのお店の中からは色んな料理の匂いが立ち込めて、お腹がキュルルと鳴く。

「リルもお腹ペコペコ？」

「えへへ、はい」

「ここは私に任せて。おじさーん」

二人で笑い合うとカルーは店の中に入って行く。

「おう、カルーか。今日も食べていくか？」

「うん。今日は連れがいるから、いつもの二つね」

「二人か、珍しいな」

「同じクエストで一緒になってね」

「そうかそうか。好きな席で待っててくれ」

二人の話が終わると、カルーが手招きをした。私はそれに釣られるように店の中に入り、カウンターに二人で座る。

「ここはね安いのに量もあるし美味しいし、私の一番のオススメなんだ。しかも、注文した品は五百ルタ！」

「へー、そうなんですね。あんまり物を買ったことがないので、安いかどうかは分かりませんが、カルーがいうなら間違いないんでしょうね」

「うんうん。違う店も見てみると、ここが一番安いって気づくことになるよ。今度、色んな店に行ってみてよ、そしたら絶対にここに戻ってくることになるからね」

五百ルタが安いのか高いのか分からない。でも、孤児院のカルーがいうんだから間違いはないんだろう。

二人でおしゃべりしながら待っていると、肉の焼けるいい匂いが漂ってきた。この世界で初めて嗅ぐ、肉の焼けた匂い。どうしよう、美味しそうすぎてよだれが止まらないよ。

「どう、美味しそうな匂いでしょ」

「……はい。もう、我慢できません」

「ふふ、もうちょっとだから我慢してね」

「うー」

早く食べたい、早く食べたい。お腹と背中がくっついちゃうよ。

もうしばらく待ってみると店主がプレートを持って近寄ってきた。

「はいよ、お待ち！」

きたー！

目の前にプレートが置かれる。そこには串に刺さった香ばしい匂いのするお肉、白いスープ、小さなパンが四つ。

「パンがいつもより二つ多いね」

「新しい子を連れてきたお礼だよ。食ってけ食ってけ」

どうやらパンを二つオマケしてくれたらしい。なんていい店主なんだ、ありがとう。

「「いただきます」」

私は早速食べ始めた。まずはやっぱり、アツアツのお肉から。串を手に持つとずっしりと重く、顔まで近づけると顔と同じ長さで驚いた。こぶしくらいの肉が四つもついていて食べ応えがありそう。息を吹きかけて少し冷まして、かぶりつく。

「～～～っ」

じゅわっと溢れる肉汁の旨味がすごい！　噛めば噛むほど肉汁が溢れ出して、ほのかな甘みがとてもいい。噛むと弾力が強いのに、プツリと簡単に嚙み切れる絶妙な硬さ。ん～、美味しい！

あっという間に一つのお肉を食べてしまった。次にこの世界で初めてのパンを食べてみる。手で割ってみるとちょっと硬い。そっか、スープにつけて食べるんだ。

一口サイズにパンを千切って、スープに浸して食べる。パンが柔らかくなってジュワッとスープが滲み出す。優しい味が口一杯に広がって、口の中に残った肉汁を洗い落としてリセットしていくようだ。この二つだけで無限に食べれそう。

「リル、どう？」

「とっても美味しいよ！　こんなの食べたの初めて！」

思わず声が出てしまった。でもカルーは気にすることなく笑って食べ進める。

この日、私は初めてお腹いっぱいのご飯を食べることができた。

19　穴の掃除

翌日、朝の配給を食べて後片付けをしたらすぐに町に向かった。今日はゴミ回収がないけど、運が良ければ穴の掃除ができるかもしれない。聞いたからにはどんな仕事なのか気になってしまっていた。

一時間の道のりを経て町に辿り着き、またギルドまでの道のりを歩いていく。そして、ようやくギルドに辿り着いた。

朝早いのかギルド内は閑散としていて静かだった。ギルドの受付も開始したばかりなのかカウンターには半分くらいの人しか座っていない。私はその中の一つに並んだ。

「難民の方でしょうか」

「はい。冒険者証です」

「お預かりします。Fランクですね、少々お待ちください」

昨日とは違うお姉さんとやり取りをする。

「今日のお仕事は庭の草むしりと害虫駆除、四千ルタ。子守り、四千ルタ。ゴミ回収の穴掃除、六千ルタ。以上となりますが、どれにしますか？」

あ、穴の掃除がきた！　今日は運が良かったのかな、他の報酬に比べるとそれが一番高いからそれにしてみようっと。

「ゴミ回収の穴掃除でお願いします」

「はい、では説明いたしますね」

どうやら今回は担当者がいないようだ。どんな説明になるんだろう。

「ゴミ回収後の穴の掃除についてですね。昨日のうちに焼却が終わっていますので、燃えカスの中からガラスや鉄を探して見つけるお仕事になります。見つけた物は専用の箱が近くにありますのでそちらにお入れください」

「燃えカスはどうすればいいですか？」

「燃えカスはそのまま穴の中に放置でいいです。先ほども言ったガラスと鉄だけで結構ですよ。多ければ多いほどいいので、できれば丁寧に探していただけると助かります」

そうだよね、拾った物がお金になるんだからね。ここを頑張ると領主さまのためになるのかな、少しでも恩返ししたいから丁寧に探してみようっと。

「必要な道具は箱の近くにあるので自由に使ってくださっても構いません。穴の場所は分かりますか？」

「はい、大丈夫です」

「それでは作業が終わりましたら、こちらまでお越しください、報酬をお渡しします。なお、後で現場を確認することになっていますが、作業が雑ですと罰金とかありますので気をつけてくださいね」

そっか、そういうのがないとわざと手を抜く人も出てくるよね。私はお姉さんにお辞儀をしてギルドを後にした。新しい仕事、頑張るぞ！

◇

歩いて数十分、昨日来た穴の近くまでやってきた。穴の中は黒焦げになっていて、ゴミが跡形もなく消し炭になっている。ここまで燃やせる火の魔法、見たかったなぁ。

「えーっと、箱……あった！」

素材を入れる箱を近くに発見した。近寄って箱を見てみると、片方にはガラス、もう片方には鉄が入っている。なるほど、ここに入れておけばいいんだね。

箱の隣を見ると、バケツが二つ、農作業に使われるフォーク、大きな長靴、はしごが置いてあった。フォークの隙間の間隔が狭いのは、きっと素材を見つけやすくするためだよね。

私は早速長靴に履き替え、はしごを持って穴に設置した。穴の深さは三メートルはあって、はしごがないと上り下りができなくなっている。

次にフォークを穴の中に落とし、その次にバケツを二つ落として準備完了だ。あとは私が穴の中に下りるだけ。

はしごに手をかけてゆっくりと下りて行く。はしごに体重をかけるとちょっとだけ沈んで驚いた、ちょっとひやっとしちゃったよ。

一番下まで到着してはしごから下りると、ちょっとだけ沈んだ。ちょっとだけフカフカな消し炭ってなんだか珍しいな。

「さてと、やりますか」

腕まくりをして、フォークを手に持った。フォークはちょっと重くて扱いにくい。これから重労働もありそうだし、少しずつ体を鍛えていければいいな。そしたら色んな仕事ができるはずだから。

私はフォークを消し炭の中に刺して、ゆっくりと持ち上げて揺すってみる。うーん、ここにはないか。

今度は違うところを刺して、持ち上げて揺すってみる。あ、フォークの先から音がした。一度フォークを置き、先まで近寄ってしゃがんでみる。消し炭の中を手で探ると硬いものが手にあたった。

「これは……ガラスだ」

少し溶けかかったガラスを発見した。これ、いくらくらいで売れるんだろう。小さいから一ルタとか、そんなものなのかな。うーん、物の値段も勉強しないとね。色々とやることがあるなぁ。

ガラスをバケツに入れて、再びフォークで消し炭を漁っていく。カン、と音がして持ち上げてみると不思議な形をした鉄が現れた。これも火の魔法で変形しちゃったのかな。

そのままバケツに入れてどんどん掘り起こす。ガラス、鉄、鉄、鉄、ガラス。黙々と素材を拾っては入れてを繰り返し、あっという間にバケツの半分くらいまで埋められた。

あんまり重いと持ち上げるのが大変だから、このあたりで一度箱に入れておこう。まずは鉄のバケツを手に持ち、はしごを登っていく。登ると鉄の入った箱にバケツの中身をぶちまける。これでよし。ガラスも同じように入れておいてっと。結構上り下りが大変だった。

フォークを手に持ち、消し炭の中を漁っていく。またカンと音が鳴って持ち上げると、小さな金属が見えた。なんだろう、と見てみると硬貨の形をした何かだった。

「まさか、硬貨がゴミの中にあるわけないよね」

カルーが言っていたけど、半信半疑だった。消し炭まみれになっていた金属を手ではらってみる。

なんだろう……銀？

「こ、これ……小銀貨だ」

えぇ、まさか小銀貨を拾うとは思ってもみなかった。というか、小銀貨を間違ってゴミの中に捨てるとか、あり得るのかな。とっさのことで落としてしまったのかな。それにしても百ルタ、手に入っちゃったよ。

「悪い気もするけど、ありがたくいただきます」

思わず呟いちゃった。硬貨袋を取り出して、チャリンと中に入れる。こんな幸運一回きりだよね、だよね？　うぅ、ちょっと欲張っちゃう気持ちがでちゃうね。こういうのは無心でやらなければ。

私は一心不乱にフォークを突き刺して揺すっていく。鉄、鉄、ガラス、ガラス、硬貨……硬貨？

また拾っちゃったよ。今度は……銅貨だ。

ま、まぐれだよねまぐれ。絶対にそうだ。首を横に振って邪念を吹き飛ばす。深呼吸をして、気持ちをリセットする。

フォークを持って突き刺して、持ち上げて揺する。ガラス、鉄、鉄、鉄、鉄、ガラス、ガラス、硬貨……えぇ!?

ドキドキしながら消し炭をはらっていくと、銀色が見えてきた……小銀貨だ。うそぉ、こんなに硬貨って捨てられちゃうものなの？　信じられなくて頬をつねってみる。いたたた、夢じゃないみたい。

なんでこんなに見つけられるんだろう……そうか、幸運がBあるからだ。こういう時に役立つステータスなのかな。そういえば、穴掃除のクエストも受けれたし運のお陰なんだよね。運様、ありがとうございます。

その後もせっせと素材を沢山見つけたり、硬貨を見つけたりした。硬貨は全部で四百三十二ルタになり、ちょっとした臨時収入にはなったみたい。

仕事も早めに終わって、今日は時間ができそうだ。残った時間を何に使うか……三階の図書室に行ってみよう。早速、文字の勉強もしないとね。

20　三階の図書室

「お仕事お疲れさまでした。穴の掃除の報酬、六千ルタです」

ギルドに戻ってきた私は受付のお姉さんに仕事完了の報告をした。昨日と同じ金額を受け取ると、硬貨袋に入れておく。少しずつ重くなっていく硬貨袋にニヤニヤが止まらない。

「そういえば、昨日冒険者登録をしたばかりでしたよね」

「はい。どうしたんですか？」

「ギルドではお金の預かりも行っている事はご存じですか？」

「え、そうなんですか」

昨日はそんな話なかったな、初めての冒険者には説明しないことだったのかな。でも、お金を預かってくれるなんて親切な制度があるんだね。

「リル様はまだ大人ではありませんので、ご自身でお金を持ち歩くのは不安ではないですか？」

「はい、いつも人に見つからない場所に隠しています」

「それでしたら、ぜひギルドに預けてみませんか？　お金の管理は全て冒険者証で行っていますので、冒険者証一つでお金の出し入れは自由ですし、ギルドが開いていればいつでも利用可能となっています」

なるほど、冒険者証がキャッシュカードの役割を持っているんだね。この冒険者証は無くさないようにしっかりと持っていよう。

「では、お金を預けてもいいですか？」

「はい、もちろんです。いくらお預けになりますか？」

「えーっと、八千ルタお願いします」

私は硬貨袋から銀貨を八枚出すと、お姉さんがそれを受け取り数を数えた。

「確かに八千ルタお預かりいたしました。只今、カードの中に情報を書き込みますので少々お待ちくださいね」

お姉さんは後ろを向くと、何やら作業を始めた。こちらからは見えないので何をしているのか分からない。きっと冒険者証に情報を入れているのだろう。

しばらく待っていると、お姉さんが振り向いてきた。

「冒険者証の更新ができました。この冒険者証を鑑定の水晶にかざすと……このように水晶の中に入金してある数字が浮かび上がる仕組みです」

水晶の中を見てみると、数字らしきものが並んでいるように見えた。でも、私には何が何だかさっぱりだ。これは早く文字や数字を覚えなくてはいけない。

「色々とありがとうございました」

「いえ、何かありましたらお気軽にお声がけください」

お姉さんにお辞儀をすると、足早にその場所を後にする。えっと、三階に繋がる階段はっと……あった、あそこだ。

建物の奥の方に階段を見つけることができた。その階段を上り、三階に到着した。辺りをキョロキョロ見渡すと、表札のついた扉を見つけることができた。ここかな？

扉に近寄ってゆっくりと開けてみる。あ、中に本棚がある！

「お邪魔します」

できるだけ静かに扉を閉めると、扉の近くにはカウンターがあり、そこに一人のおじいさんが座っていた。

「ん、なんか用か？」

「あの、文字を習いに来たんですけど、資料とか貸してもらえませんか」

「ほー、文字か。まだ小さいのに感心じゃな。あそこの席でちょっと座って待っとれ」

おじいさんは少し驚いたような顔をして、よっこいしょっとイスから立ち上がった。部屋の中央にあるテーブルを指して、どこかに行ってしまった。

とりあえず、指を差されたテーブルにつき黙って待ってみる。周りの本棚には色んな形の本や紙束があり、何が書いているか興味が惹かれた。でも、文字が読めないから今見ても分からないだろう。

何だか落ち着かなくてそわそわしていると、おじいさんが薄く大きな木の板を持ってやってきた。

「文字が分からん奴らはみんなこれで勉強したもんじゃ。ほら、これを見て文字を覚えるんじゃよ」

座っている目の前に木の板が置かれた。その木の板には墨で何らかの文字が書かれていたが、全く読めないでいる。

「おお、そうじゃった。読めないからここに来たんじゃったな、ならわしが読んで教えてあげよう」

「ありがとうございます。早く覚えるようがんばります」

良かった教えてもらえそうだ。そうだ、早く覚えるためにも図書室以外でも勉強できればいいんじゃないかな。

「あの、この木の板は貸出とかしてくださるんですか」

「悪いね、ここの物は原則持ち出し禁止なんじゃよ」

「そうですか……それなら紙とペンを頂くことはできますか？　今、ここで書いてみて持ち帰っても勉強したいんです」

「それなら大丈夫じゃ。ただし、お金は取るぞ。紙は三百ルタ、ペンの貸出は百ルタじゃ」

良かった、大丈夫だったみたい。硬貨袋を取り出しておじいさんに四百ルタを差し出す。おじいさんはそれを受け取ると、カウンターの裏に移動をした。戻ってくるとその手には一枚の紙とペンが握られている。

「ほら、紙とペンじゃ。ペンはこうやって持つんじゃぞ」

紙とペンを渡されると、おじいさんが持っていた通りにペンを持ってみる。

「こう、ですか」

「そうじゃ、そうじゃ。じゃ、一文字ずつ教えていくぞ」

「はい、お願いします」

そして、勉強が始まった。

おじいさんが一文字を口にすると、私がそれに続いて口ずさむ。それからペンを使って一文字を書き出していく。スラスラ書く様子におじいさんは感心したように唸った。

「うーむ、手先が器用なのかな。ペンの持ち方が様になっとるわ。字も綺麗になぞれている」

「ははは、おじいさんの教え方が分かりやすかったんです」

あ、危なかった。まさか前世でペンを使っていたんですって言えないよ。うぅ、変に思われてないかな。こんなことで天才とか神童とか言われないよね。私は普通、私は普通。

ちょっとドキドキしたけど、勉強は順調に進んでいった。どうやらこの国の文字はひらがなみたいな様式をしている。一文字で一文字をあらわしていて、たくさんの文字を合わせて単語にしている感じだ。

文字以外にも数字と記号がある。数字の数は十個あり、覚えるのは簡単そう。

記号というのは冒険者ランクやステータス画面で出てきた文字のこと。こちらは二十個以上あるけれど、おじいさんの話だと全部覚えなくても大丈夫だそうだ。日常で使うとなれば冒険者ランクやステータス画面に出てくる記号の意味と順番を覚えておけばいいらしい。

集中して教えてもらうと、あっという間に全てを書き切ることができた。あとは忘れないうちに頭の中に叩き込むだけだね。

「おじいさん、教えてくれてありがとうございました」

「いいんじゃよ。こうして教えるのも、いい暇つぶしになっているしな。それに文字が分からないっていう人は結構来ているから気にしなくてもいい。これがわしの仕事みたいなもんじゃからな」

「そうだったんですね。ギルドには色々と助けられてます」

「まぁ、がんばりなさい。ここには色んな資料もあるから、困ったことがあったらなんでも調べにきておくれ」

「はい、必ずきます」

ギルドは本当に手広くやっているんだな。お陰ですっごく助かっちゃった。文字を覚えたら、今度は魔法のことを調べに来よう。魔法も使いたいなぁ。

夕暮れになる前に集落に帰らなくちゃ。その前に、ご飯を食べに行こう。今日は昨日とは違う場所に食べに行ってみようかな。

21　小さいことからコツコツと

朝の配給の時間。スープと芋を受け取ると、地面に座って食べ始める。町のスープに比べるとちょっと物足りなく感じちゃうのは贅沢かな。でも、ボリュームはあるのでとても助かっている。

そういえば、朝の配給の食材は働きに出ている人が買い足していると聞いたことがある。私も働きに出たから、食材を買い足した方がいいよね。んー、何を買い足した方がいいんだろうか？　こういう時は女衆に聞いてみた方がいいかな。

芋を頬張り、スープで流し込むと早速聞いてみる。

「あの、すいません」

「あぁ、なんだい。おかわり希望かい？」

「おかわりは大丈夫です。あの、食材を買い足しているって話を聞いたんですけど、私も買い足そうかなって考えてます。どんな食材をいくらぐらい買い足しているのか聞いてもいいですか？」

おかわりがあるんだ、朝の配給はすごいな。じゃなかった、話を聞かないと。

「まだ小さいのに食事のことを考えてくれて助かるよ。そうだね、買い足す食材は野菜、芋、肉だね。買い足す金額は一週間で一人千ルタくらい、みんなで出し合っているよ」

「じゃ、私も千ルタくらいの食材を買って食料庫に入れておけばいいんですね」

「いや、リルちゃんの場合はその半額くらいでいいよ。食べる量が大人と同じじゃないしね、子供に同じ料金を支払わせるのは心苦しいよ」

一週間で五百ルタだったら無理なく続けられそう。何を買おうっかな、お店に行くの楽しみだな。あ、でもお店の場所知らないな。んーどうしよう、カルーに聞いてみよう。

それからいつもの後片付けをして、町へと向かった。

◇

今日も朝早くに来ているからか冒険者ギルドの賑わいは落ち着いている。どれくらいの時間になったら、冒険者ギルドは混むのかな？

とりあえず、列に並んで自分の順番を待つ。前に並んでいるのは三人くらいだから早く終わりそう。そういえば、大人の人ってどこで働いているのかな。そのうち、仕事が増えていくのかな。

「次の方どうぞ」

「……はいっ」

いけない呼ばれちゃった。駆け足でカウンターに近寄る。

「冒険者証です」

「お預かりします……Fランクですね。リル様が受けられるクエストは庭の草むしりと害虫駆除、四千ルタ。馬車の洗車、四千ルタ。第一区画のゴミ回収、六千ルタ。以上となりますが、ご希望はありますか？」

「ゴミの回収でお願いします」

「はい、承りました。それではあちらの札の下に待機していてください。後ほど、担当者が参ります」

前回と同じような案内をされた。お辞儀をしてから札の下に行くと、見知った姿を見かける。カルーだ。

「カルー、おはようございます」

「ん、あぁリルおはよう。今日も一緒だね」

「はい、よろしくお願いします」

にっこりと笑うとにっこりと笑顔を返してくれる。ふふふ、なんだか嬉しいな。

「そういえば、昨日は早く着いたお陰か穴の掃除のクエストを受けられました」

「え、そうなの？　いいなー、でも早い者勝ちだから仕方ないよね」

そんなにあのクエストって人気あるんだ。やっぱり、拾った硬貨を自分のものにできるからかな。

まぁ、悪い気はするけど拾えると嬉しかったからな。

「で、いくら拾えたの？」

「え、えっと……四百三十二ルタほど」

「えぇ〜！　そんなに拾えたのね、私もそんなに拾ってみたいわ」

すごく驚かれて、こっちが驚いちゃった。そっか、結構拾えた方なんだ……毎回小銀貨が四枚も落ちているはずないもんね。あんな幸運きっと一回きりだよ、っていうか私の運が減っちゃったりしないか心配だ。

あ、そうだ。カルーに聞きたいことがあったんだ。

「ねぇ、カルー。教えてほしいことがあるんですが」

「ん、なに？」

「野菜とか買える場所を教えてほしいのですが」

「あー、あるよ。仕事が終わったらご飯食べにいくついでにその場所まで連れてってあげるよ」

良かった場所を知っているみたいで。カルーと知り合えて本当に良かったな、一人で黙々と仕事するよりも誰かと一緒だと楽しくなっちゃう。他愛もない話をするだけで元気になっちゃうから不思議だよね。

「待たせたな、ゴミ回収に行くぞー」

話に夢中になっていて、役人の担当者が来たのに気づかなかった。担当者が先導するとその後をクエスト受注者がついていく。私も遅れないようについていかないと。

「カルー、今日も頑張りましょう」

「もちろん、一緒に頑張ろうね」

一人で何かをするよりも誰かと何かをしたほうがとても楽しい。さて、今日のゴミ回収も頑張ろう！

◇

「すいません、四千ルタ預かりをしてもらってもいいですか」

「はい、少々お待ちください」

ゴミ回収の仕事が終わった。今日も色んな人に話しかけられながらゴミの回収をしていたから、カルーより遅かったな。今度はカルーよりも早く終わらせられるように頑張らないと。

そうこうしている間に受付のお姉さんから冒険者証が返ってきた、これで一万二千ルタ貯金できたね。えへへ、お金が貯まっていくのも楽しいな。

私はカウンターを離れて出入口で待っているカルーのところまでやってきた。

「じゃ、行こうか。先に野菜を売っている商店に連れてってあげるわね」

「はい、お願いします」

カルーが先頭で私が後をついていく。冒険者ギルドの外へ出ると、昼過ぎの活気のある風景が広がっていた。人通りが活発な中をカルーと二人でおしゃべりしながら歩いていく。

しばらく歩いていくと、商店が立ち並ぶ通りにやって来た。

「えっとね、ここだったらいいんじゃないかな」

手を引っ張られてついていくと、一つの商店に辿り着いた。そこには様々な野菜が並んでいて、どれも新鮮そうに見える。黙って見ていると、女性から声がかかった。

「へい、らっしゃい」

「ほら、リル」

「は、はい。あの五百ルタ分の野菜を買いたいんですが」

「いいよ、どれがいいんだい？」

おどおどしながら前に出ると、女性は笑顔で接客してくれている。ふー、焦らないでどれがいいか決めないとね。ここで一番値段が安いものはどれかな。

「あの、ここで一番安い野菜ってなんですか」

「安い野菜ねぇ……そうだ、そろそろ見切りをつけないといけない野菜があってね、それなら安くできるけどどうだい？」

見切り品、それだったら量を買えるから良さそうだね。早めに使ってもらえれば、普通の野菜と変わらないで食べられるはずだよ。

「じゃ、それを五百ルタ分ください」

「はいよ。あ、そうそう。野菜を入れる袋って持っているかい？」

「あ、しまった……持ってないです。あの買っても良いですか？」

「もちろんだとも。一袋百ルタだけどいいかい」

「はい、大丈夫です。では、全部で六百ルタ支払います」

六百ルタを渡すと、女性は店の奥へと消えていった。しばらく待っていると、野菜の詰まった麻袋を持ってきた。結構入っているように見える、やったね。

「はいよ、おまち。ニンジンと芋が入っているよ」

「ありがとうございます」

「またごひいきに！」

えへへ、買い物できちゃった。袋を担いでお店を離れる。

「沢山買えてよかったね」

「はい。カルーのお陰です、ありがとうございます」

「ふふふ、いいのよ。さて、今日もご飯食べにいこうか」

「行きましょう」

今日はカルーの行きつけのお店でご飯。昨日違った店に行ったら七百ルタも取られてしまったので、カルーの行きつけのお店が安くて美味しいのが分かった。オススメなだけはあるね。今日も一日、お疲れ様。

22　ギルド内の掃除

初仕事から二か月が経った。集落内での生活は順調そのもので、以前のように嫌悪されることはなくなった。ただし、両親を除いて。

両親は仕方なく集落の手伝いをしているみたいだが、明らかに集落内から嫌われているようだ。それでも神経が図太いのか生活スタイルを変えようとはしなかった。追い出されるのは時間の問題かもしれない。

私は一週間のうちで穴ネズミの捕獲を一回、魚の捕獲を一回だけのお手伝いになった。以前は水汲みの仕事があったけど、他にも細々と手伝っていたらなしにしてくれた。頑張ってて良かったな。

だから、現在週四～五回くらい冒険者ギルドで働いている。大体はゴミ回収のクエストを受けて、ない時は違うクエストを受けた。

ゴミ回収のお仕事は最初はもたついていたけど、回数をこなすごとにだんだんやり方が分かってきて、今ではカルーと同じ時間でゴミの回収ができるようになった。

あと、隙間時間に薬草の採取もしていて、少しだけの収入の足しにしている。そのお陰か現在の貯金額が十八万ルタを超えたの。もう少しで二十万ルタになりそうだから、とっても嬉しい。

市民権を得るまであと三か月働けばいいんだけど、手に入れてもすぐに暮らせないんじゃすぐに取る必要もないかなって思っている。この町で私が一人暮らしできるほどの仕事があればいいんだけど、今のところ難しそう。

手に職をつければいいんだけど、何をしたいのかも分からないし、何をやりたいのかも分からない。だからどこかに就職するんじゃなくて、今はこのまま冒険者を続けていこうと思っている。

いつか町の外の仕事も受けたいと思う。この世界には魔物という人間にとって脅威となる存在がいて、日々色んな冒険者が討伐をしている。今はまだ力がなくて外の仕事が全然受けられないけど、少しずつ体を鍛えていっていずれ魔物の討伐の仕事もやろうと思うの。

でも、その前にやることがある。まずは文字と数字と記号を覚えること。これがないと冒険者ギルドのコルクボードに貼ってあるクエストが読めないし、受注もできない。仕事を始める以前の問題があるから、先に覚えることを優先しようと思う。

日常の仕事で少しずつ体力と力をつけて、隙間時間で文字とかを覚えていく。これが最近のルーティンだ。お陰で全部とは言わないけれど大分文字が読めたり書けたりできるようになってきた。あと一か月くらいで全部覚えそう。

文字とかを覚えたら、何か新しい仕事が増えたりするのかな。それはそれで楽しみ。

そして今日も冒険者ギルドの受付列に並ぼうとすると、前にカルーの姿を見つけた。

「カルー、おはようございます」

「あっ、リルおはよう。今日もゴミ回収頑張ろうね」

「はい」

二人で仲良く列に並んでいると、すぐにカルーの番になった。受付のお姉さんとカルーでやり取りをしていると、カルーの声が大きくなる。

「えっ、ゴミの回収のクエスト、今日の分なくなっちゃったんですか？」

「はい、申し訳ございません。他のクエストが少なかった影響がありまして、今日の分は締め切らせていただきました」

「そうですか……うーん、どうしよう」

どうやら今日のゴミ回収のクエストがなくなってしまったみたい。仕方がないから他のクエストを受けないといけないね。

「あ、そうしたらいつものギルド内の掃除をクエストとして出しましょう」

お姉さんはそういうと、席を離れてカウンターの奥のほうに行った。しばらくすると戻って来て、再び話を始める。

「上司の了解が取れました。どうでしょう、カルー様とリル様で冒険者たちが使う場所の掃除を行うのは。お一人四千ルタ、お出ししますよ」

「それでお願いします。リルもそれでいいよね」

「はい、いいです」

「それでは、冒険者たちが少なくなった後に掃除の開始をお願いします。詳しいことはカルー様が知っておられますので、お二人で仕事のことを話しておいてくださいね」

話が終わるとカルーは冒険者の待合席に真っすぐ進んでいき、一つの席に座った。私もそれを追って隣の席に座る。そういえば、この席に座るのは初めて。

「ギルド内の掃除は割のいい仕事だから、今日はラッキーだったわ」

「そうなんですか？」

「えぇ、仕事さえ綺麗に終わらせれば、早く仕事を終われるからよ。自由時間が長くなるのは嬉しいでしょ」

どうやらいい仕事を割り振ってもらったみたい。綺麗に終わらせれば、早く終わってもいいっていうのは魅力的だよね。

「掃除の場所は待合席のこの場所全部、トイレ、廊下、玄関。仕事内容は掃き掃除と拭き掃除よ。どちらもホウキとモップがあるから、両方使って綺麗に終わらせましょう。私は孤児院で掃除とかしているから大丈夫だけど、リルは大丈夫？」

「大丈夫、だと思います」

「もし何かあったら私も手伝ってあげるから気負わないでね」

今は難民だけど、前世の記憶があるから大丈夫です、とはとても言えない。掃除だったら前世で小さい頃から散々やってきたことだから、楽勝だね。

私たちはその席に座りながら色んなおしゃべりをして冒険者達がいなくなるのを待っていた。普段あんまり見かけない冒険者たちの姿を見るのはとても新鮮。鎧で全身を固めた人や、そんな服で大丈夫か？　と言わんばかりの薄着をしている人もいる。

私はまだ冒険に出ないから配給品の服しか着れないけど、お金が貯まったら着るものを買ってみたいな。どんな服があるんだろう、新しい服ってどんな着心地かな。買って着るのが楽しみだなぁ。

そうだ、冒険をするなら装備も買わないといけないんだった。だったらお金をもっともっと貯めないといけないってことだよね。うわー、どうしようお金が足りなかったら。市民権を買うなんて思っている暇なんてなかったよ。

そういえば、カルーはこの先どうするんだろう。

「あの、私はこの先冒険者として外の仕事もやりたいと思っているんですが、カルーはこの先どんな仕事を受けようと思ってますか？」

「それがねぇ、中々決まらないのよね。決まらないから色んな仕事を冒険者として受けているんだけど、どれもしっくりこなくて。なんでもやりたいって思っているせいか一つに絞ることができないわ」

カルーの年にもなると、決まっているものだと思ったけどそうでもないみたい。

「でもね、外の仕事を受ける冒険者よりは、中の仕事を受ける冒険者のほうがいいと思っているわ

よ。だから、リルとは逆になっちゃうわね」

「私はいずれ外の仕事もやりたいって思っているんですが、中の仕事も楽しいから中もやりたいなぁって思ってます」

「それは珍しいわね。外なら外、中なら中って分かれるのに。まぁ、そのやり方もありよねー。あー、私はどうしようかしら」

冒険者がいなくなるまで、二人で将来のことを楽しく語り合った。きっと今しかカルーと仕事ができないんだなぁって思ったら少し寂しくなっちゃったのは、秘密にしておこう。今は一緒がいいね。

◇

あれからしばらく経つと、冒険者の姿がぜんぜん見られなくなった。そろそろお仕事の時間だ。

「さてと、まずは仕事道具から取ってこないとね」

「はい。どこにあるんですか？」

「奥の廊下の先にあるわ。行きましょう」

カウンターと待合席の真ん中奥の方に廊下がある。そこを歩いていくと、廊下のつきあたりが扉になっていた。カルーはそこを遠慮なく開けると、中には様々な掃除用具が入っている。

「バケツ、チリトリ、ホウキ、モップ。それぞれ二つずつね」

それらを取り出すと、必要なものを手渡してきた。

「リルは待合席の場所を掃除してね。私は他の場所をやるわ」

「でも、それではカルーの掃除する場所が多いですよ」

「他の場所はそんなに広くないから大丈夫よ。もし、リルが早く終わったら私を手伝ってくれるといいわ」

「分かりました」

「じゃ、まず井戸から水を汲まないとね。井戸は冒険者ギルドの裏手にあるから、一緒にいきましょう」

道具を持って廊下を戻る。待合席の場所に来ると、道具を隅っこに置いておいて、バケツだけを持って出入口から外に出て行く。そこからグルっと冒険者ギルドを回り込んで裏側まで行くと、そこは広場になっていた。

「うわー、ここすごく広いですね。何をするところなんですか？」

「あんまり詳しくは知らないけど、ここで冒険者が自分を鍛えているって話よ。今日は誰もいないみたいね」

広場の端にはいくつかベンチも置いてあり、木陰用の木も何本か植えられていた。ギルドってなんでもあるんだなぁ、本当にありがたい存在だよね。

そして、その広場の隅っこにはしっかりと井戸もあった。カルーと一緒に井戸に近づいて、早速水を汲む。

「私が見本を見せるからね」

カルーは桶を下まで落として、紐を揺すると力を込めて紐を引っ張った。両手で交互になるように引っ張っていくと桶が上がってくる。その桶を受け取って、中の水をバケツに入れた。

「こんな感じかな。リルもやってみて」

「はい」

私もカルーを真似て井戸水を汲んでみる。桶を落とすのは簡単だけど、桶を引き上げるのがとっても大変。でもこれも力をつけるために必要なことだから頑張らないとね。桶を引き上げ、バケツに水を入れることができた。

それから二人で重たいバケツを持ってゆっくりとギルドの中に戻ってくる。

「じゃ、私は廊下から掃除を始めるからリルも頑張ってね」

「はい。また後で」

ここで二手に分かれて仕事を開始した。待合席には誰もおらず、邪魔されず自由に掃除ができる環境だ。よし、まずは掃き掃除から始めよう。

私は先にイスをテーブルの上に逆さにして置くことから始めた。テーブルは二十台以上あるのでイスは百脚近くある。結構大変だけど、集中してやれば早めに終わることができた。

さぁ、ここからが仕事の本番、掃き掃除だ。ホウキを手に持って、テーブルの下からゴミを掃き出していく。ゴミは枯草、土、食べこぼしなど色々ある。それらをテーブルの下から綺麗に掃き出していく。

掃き出したゴミは待合席の隅っこに溜めておいて後からチリトリで取る予定。テーブルの下を掃いて、まとめて、隅の方にポイッと。それを何度も何度も繰り返していく。

集中して作業していたら、テーブルの下を全て掃き終えた。あとは部屋の隅と、カウンター前だね。まだ掃いていない部屋の隅からゴミが溜まっている隅まで綺麗に掃いていく。するとゴミの塊がどんどんできていって驚いた。結構床にこびりついていたんだね、このゴミたちもみんな取っていっちゃおう。

一辺の隅を掃き終えると、次の一辺を掃き始める。またゴミの塊ができてしまった。目に見えにくいゴミが一杯あるんだね、ほとんど毎日来ているのに知らなかったよ。

そうして待合席のホールを全て掃き終えた。次はカウンター前のホールだ。カウンターには受付のお姉さんは二人しかおらず、あとのギルド員は奥の方で何やら作業をしていた。これだったらお邪魔になることもないよね。

今回も部屋の隅っこから掃除を始めていく、カウンターの目の前からだ。ホウキをもってゴミをかきだしていくように強めに掃いていく。すると、ここでもゴミの塊が早々にできてしまう。

そのゴミの塊は進むごとに大きくなっていって、あっという間にこぶし大の大きさにまで成長した。これ以上成長させると面倒だから、一度ゴミを溜めているところまで移動させる。

そしてまたカウンター前から掃き始めていく。静かなホールにサッサッサッと掃く音と、奥の方で話し合うギルド員の声だけが聞こえてくる。なんだかのどかな気分になっちゃうな。

少しだけボーっとしながらのんびりしすぎない程度に綺麗に掃いていく。すると、気づいた時には掃き掃除が終わっていた。時間が経つのが早いなー。そうだ、ゴミを何処に入れればいいんだろう。カルーに聞いてみよう。

掃除道具を一度置くと、カルーがいる廊下に出てみる、と丁度トイレに入る前のカルーを見かけた。

「カルー、ちょっと聞きたいことが」

「ん、どうしたの？」

「ゴミを入れるものってありますか？」

「あぁ、そうだったね。忘れてたよ。道具が入っていたところに麻袋があるからそこに入れておいて、最後にまとめて出すんだよ」

カルーがしまった、という顔をして道具が入っていた廊下のつきあたりを示す。それだけ分かれば十分なので、すぐに廊下のつきあたりにいき、中から麻袋を取り出して、待合席のホールまで戻った。

それからチリトリにゴミを入れて麻袋に入れていく。よし、これで拭き掃除ができるね。

今度は水の入ったバケツにモップを突っ込んで濡らしたら、先の部分を手で絞る。前世にあった足で踏んで絞る装置があれば楽だったんだろうけど、贅沢は言えないね。

モップを絞るとまずテーブルの下から順番に拭いていく。ホウキでは取れなかったゴミが取れて、テーブルの下はだんだんピカピカになってくる。綺麗になるって気持ちいいね、まだまだ拭くところはあるから頑張ろう。

拭き終わったら、次のテーブルに近づいてまた拭く。その繰り返しをしていると、バケツの中の水がどんどん汚れてきた。これは水を替えにいかないといけないな。

テーブルの下を全部拭き終えると、今度は待合席ホールの隅から隅を拭いていく。ここの辺りはそんなに汚れてないからスイスイと終わっていく。あっという間に待合席ホールの拭き掃除が終わった。

待合席のイスを全て床に下ろすと、ここで水を替えに行く。戻ってくると、出入口にはカルーがいて、玄関の掃除を始めていた。

「あ、リル。私は後ここだけなんだけど、リルは？」

「カウンター前のホールだけです」

「へー、結構早く終わったんだね」

感心したようにカルーが褒めてくれた。早く仕事を終わらせて自由な時間が欲しいな。ギルド内に入ると、早速モップをバケツに突っ込んで洗って絞る。カウンター前を拭き始めた。

ここのホールも結構汚れていて、力を入れながら拭いた。何度も往復して集中しながら拭いていくと、ホールが瞬く間に綺麗になっていく。集中力が切れる頃にはここのホールも全て拭き上げてみせた。

「ふぅ、終わった」

完成したホールを見ていたら満足感が生まれた。なんだかとっても気持ちいい気分だね。これでギルド内の掃除は完璧に終わらせることができた。

23　三か月の成果

文字と数字と記号の勉強を始めて三か月が経った。朝から昼過ぎまで仕事をして、カルーと一緒に遅い昼ごはんを食べて、その後少しだけカルーとおしゃべりを楽しむ。その後が勉強タイムだ。

まず町から集落まで戻るのに一時間はかかるので、その時間を読む勉強時間として充てた。両手で紙を持ちながら、文字をなぞって意味を口ずさむ。その繰り返しをして、少しずつ頭の中にインプットをした。

次に家に帰ってからは外で文字などを書く勉強だ。夜暗くなるまで枝を手に持って、紙を見ながら地面に書く。書いたらまた意味を口ずさんで、何度も頭の中にインプットしていった。

後、小腹が空くので百ルタで買った小さな硬いパンを夜ご飯にして食べている。両親に見つからないように買ってくるのが大変だったけど、今まで一度も取られたことがない。こっちに執着しなくて本当に良かったよ。

最初は一文字を書くのが大変だったけど、文字が書けると楽しくなってきた。次に単語を書き、単語が書けるようになると今度は文章を書いた。最後は毎日日記を地面に書いて練習をしていたなぁ。

そんなお陰でスラスラと文章が読めたり書けたりするくらいには上達した。これでどれだけ仕事が増えるのか分からない。ゴミ回収もいい仕事なんだけど、一日置きしかないのが残念なんだよね。

今後外の仕事を受けるためには、服や装備品を買わなくちゃいけない。そのための資金を貯めないといけないから、安定して稼げる仕事を見つけなくちゃいけないんだよね。

カルーも今はゴミ回収の仕事を受けているけど、本当は違う仕事もやりたいと言っていたなぁ。やっぱり一日置きの仕事だと足りないんだと思う。カルーは孤児院で過ごすか、孤児院以外で暮らすかまだ迷っているようだけど。カルーも私もそろそろ違う仕事を見つける段階に入ったんだ。

だから、スキルアップした私は今日は違う仕事を探しにやって来た。今日はゴミ回収がない日。いつもは違う仕事を受けたり、集落の手伝いをしたり、薬草を採取したりしていたけどね。

列に並んで待っていると、私の番が来た。

「冒険者証です」

「お預かりします。Ｆランクですね、今日の仕事は」

「すいません。今日は仕事の前に聞いてほしい話があるのですが、いいですか？」

「はい、どのようなことでしょうか」

いつもとは違うやり取りなのに、受付のお姉さんは顔色一つ変えないで対応してくれる。

「今まで文字や数字、記号の勉強をしていたのですが文章を読み書きできるほどまで上達しました。なので、読み書きが必要な仕事も受けたいと思っています」

「そうなのですね、おめでとうございます。文章の読み書き……そうだわ、計算はどうでしょうか？」

「計算もできます」

「分かりました。ギルド員が直接その能力を見定めてから仕事を紹介したいと思いますので、しばらく待合席でお待ちいただいてもいいでしょうか？」

そっか、話だけだとどれだけできるのか分からないものね。テストみたいなことをしてどれだけの能力があるのか見定めてから、仕事を割り振ってもらえそうだ。

私は待合席に行き、座って待つ。ボーっとしながら待っていると、カウンターの奥から一人の男性が近づいてきた。

「リル様ですね」

「はい」

「お時間を取らせてしまい申し訳ありません。これより二つのテストを行いたいと思います。まず一つ目は聞き取った文章を書くテストになります。ここでは文章をどれだけ速く、正確に書けるか見定めさせていただきます」

まずは聞き取りテストか、本格的に見定めてくれるんだね。それはそれで助かった。これを速く正確に書ければ、私の仕事の幅も広がるってことだよね。頑張らないと。

目の前に一枚の紙と一本のペンが置かれた。私はペンを手に持って、一度深呼吸をして心を整えた。うん、いつでも来い。

その様子を見ていた男性は「はじめます」と一言言い、手に持った紙に書かれてある文章を読み始めた。私はそれを聞きながら、できるだけ丁寧に正確にだけど速く書き留めていく。

話を聞いていると、その内容はギルドの規定だった。難しい言葉もあって書くのが大変だけど、なんとか書き切ることができた。

「はい、以上となります。……書けましたでしょうか」

「はい、書けました」

「すごい速筆ですね、なるほど。では、次のテストに移ります」

読み終わるとほぼ同時に書き切れたのがすごかったらしい。ふふふ、これでいい仕事に一歩近づけたことになるかな。

「次は文章を読んで計算問題を二問解いてください。あとは普通の計算問題を十問解いてください。その間に私は今書き上げた文章の答え合わせをしていますね」

「はい、分かりました」

次は読解力と計算能力を見るテストだね。どれどれ、うんこれならいけそう。今回も丁寧に正確にだけど速く終わらせるよ。

文章をよく読み、計算式を書き、答えを導き出す。うん、小学生並みの内容だから簡単に解くことができた。

次の十問の計算式も四則算だから簡単に答えが分かる。桁が増えただけの計算なんて簡単で、スラスラ解く事ができた。

「あの、終わりました」

「えっ、ちょっとお待ちください」

少し控えめに話しかけると男性は紙から勢い良く顔を上げて驚いた。私の前に置いてあった紙を手に取って内容を確認する。

「本当ですね。ちょっと答え合わせをしてきますので、ここでお待ちください」

「はい」

少し慌てた様子で男性はカウンターの奥まで行ってしまった。かなり驚いていたみたいだけど、実力出しただけだしいいよね。少しでもいい仕事と出会うためだ、どうかよろしくお願いします。

一人で席に座りながら、行き来する冒険者を眺めていく。どんな服があるか、どんな装備があるか今のうちにチェックしておかないとね。んー、私はどんな装備がいいんだろう。

冒険者の装備について考えていると、また同じ男性が近寄ってきた。

「お待たせしました。お話はカウンターでさせていただきますので、あそこのカウンターまでお越しください」

男性が指し示したところは列のない受付のお姉さんのところだった。私は言われた通りにそのお姉さんのところへと移動する。

「リル様、お待たせしました。テストの結果ですが、全問正解でした。非常に高い読み書きと計算の能力があることが確認されました。この情報は今後も共有したほうがいいと考えましたので、冒険者証に情報を載せておきました」

おお、これはいい傾向だと思う。今後は冒険者証の確認だけで、この能力があるってどんなギルド員にも分かるってことだよね。よし、新しい仕事が受けられるといいな。

「リル様の年齢を踏まえて、今すぐご案内できる仕事が一件ありましたので、こちらをご覧ください」

そう言い終わると一枚の紙を差し出してくれた。それを受け取り内容を確認する。どれどれ……パン屋の売り子？

24　新しい職場

「リル様は現在Fランクの冒険者です。読み書きと計算が必要なクエストはE以上のランクに多いので、今ご紹介できるのはこちらのクエストのみとなっております」

「用紙を読んでもいいですか？」

「もちろんです。読んだ結果、受けていただいても断っていただいても大丈夫ですよ」

渡された用紙を読みこんでいく。パン屋の売り子で、三日働いて一日休みのお仕事だ。仕事内容はパンの販売、計算が得意な人募集と書いてある。働く時間は朝から夕方までで、しかも昼ごはん付き！　残ったパンを無料で持ち帰ってもいいらしい。

日当は七千ルタ、ゴミの回収よりも千ルタ多いよ。拘束時間が長くなるけれども昼ごはん付きだし、パンを持ち帰れるかもしれないし、付加価値が魅力的。期間が半年以内っていうのが気になるところだね。

Ｆランクで受けられるのがこれしかないっていうから、今はこれを受けるのがベストだよね。

「このクエスト、受けたいと思います」

「ありがとうございます。それでは紹介状を書きますので少々お待ちください」

受付のお姉さんはにっこりと笑ってくれると、その場で紙に何かを書き始めた。書き終わるのを待っていると、話しかけられる。

「それとリル様の服装なのですが、販売には適さない服装だと思います。なので、このクエストを受けるにあたり服を新調していただけますでしょうか」

「あ、そうですよね。服はいずれ新調する予定でしたので、お仕事前に買っておきます」

「では、そのことも紹介状に書いておきますね」

そっか、働くためには新しい服が必要だよね。他の難民たちの服は小綺麗なものだったからなぁ、そうか私もそこまで来たんだなぁ。ふふ、服を買いに行くのが楽しみだな。

「紹介状が書き終わりました。こちらをお持ちになって、このメモに書かれているパン屋をお訪ねください」

「ありがとうございました」

紹介状とメモを受け取りお辞儀をしてその場を離れる。えっとメモによると……ここから十分くらいでいけそうな場所にあるパン屋だ。

新しい職場か、楽しみでもあり不安でもあるなぁ。

◇

メモの通りに歩いてパン屋の前に辿り着いた。開けっ放しの扉からは香ばしいパンの匂いが漂ってきて、お腹が減っていないのにお腹が鳴りそうだ。上を見るとパン屋の看板があり、ここが目的の場所だと分かる。

中に入るのに緊張してドキドキしてきた。ここで深呼吸をして心を落ち着かせて、いざパン屋の中へ。

「ごめんくださーい」

「……おう、ちょっと待っててくれ」

「はい」

中に入ると、すぐに奥から声が聞こえてきた。なので今のうちに店内を見てみると、何種類かのパンが棚の上に並んでいた。香ばしい匂いの中に木の実とか蜜とかの匂いも混じっていて、たまらない。

店内の大きさは十五畳以上ありそうで、そこそこ広い印象だ。そして部屋の隅に小さなカウンターと、カウンターの奥にはもう一つ部屋がある。きっとそこでパンを作ったり焼いたりしているのだろう、粉ものの匂いがそちらからしてきた。

ボーっと立っていると、奥の方から大柄な男性が現れた。白いエプロンをして焦げ茶色の短い髪の毛をしている。

「何か用か？」

「冒険者ギルドからきました。こちらが紹介状です」

「どれ、見せてみろ」

無愛想な感じで言われてちょっと緊張した。おそるおそる紹介状を手渡すと、男性は厳つい表情をしながら紙を読み進める。と、ピクリと眉毛が動き、スッと視線がこちらに注がれた。

「計算が得意なのか」

「はい」

「……百ルタのパンが八個、百六十ルタのパンが三個でいくらだ」

「えっと、千二百八十ルタです」

「……正解だ。なるほど」

急に問題を出されてビックリしたけど、正解できて良かった。正解すると男性の表情が少しだけ緩くなったような気がする。もしかしてボロの服装だったから警戒されたのかな。服装、大事だね。

「俺の名はレトム、このパン屋の主だ」

「私はリルっていいます。この町の住人ではなくて、難民です」

「そうらしいな。だが、難民でも格好さえ気を付けてくれればいい。服はこれから買ってくれるんだよな」

「はい、買い替えます」

服装がダメだったんだね。つぎはぎがある、穴の開いた服じゃ嫌厭されるのも頷ける。しかも食べ物のお店ではこんな服はダメだよね、いい服を買おう。

「服だったらしっかりしていれば古着で十分だ。この通りより一本向こう側の通りに古着屋があったはずだから、そこで買うといい」

「ありがとうございます」

古着でいいんだ、というか古着が売っているんだ！　良かった、お金をそんなに出さなくても良さそうだし。今現金で三万ルタくらい持っているからこれで十分そう。貯金は二十八万ルタもあるし、うん大丈夫。

……うん？　どうして服の話をしているんだろう。

「あの、もしかしなくても採用ですか」

「あぁ、そうだ。早めに働いてくれる人が欲しかったから、そういう意味だ」

そ、そうだったのか。ついつい話に流されちゃうところだった。ふぅ、無事働けるようで何よりだよ。

「期間は半年以内っていうことでしたが、具体的にいうといつくらいまでになるんでしょうか」

「俺の妻が産後の状態が良くなくてな、働けない状態になってしまったんだ。医者がいうには半年くらいは安静にしておいたほうがいい、と言っていた。だから、妻が働けるようになるまでだ」

「分かりました」

なるほど、奥さんが働けなくなっちゃったんだね。産後は一番大事な時だから、旦那さんであるレトムさんも無理させたくなかったんだろうな。無愛想だけど奥さん思いのいい人なんだなぁ。

「いつから働けばいいでしょうか」

「明日は店の定休日だから、明後日から頼めるか」

「分かりました。こちらは朝日と一緒に起きて、配給を作って食べて、一時間くらいかけて町に来ます。開店まで間に合うでしょうか？」

「それくらいなら大丈夫だ。もし開店まで到着しなくても、朝一は俺一人でもなんとかするから。とりあえず、明後日にどれくらいの時間に来られるか分かってからでいい」

町に住んでいないのがネックなんだよね、ここで難民としての弊害があるなんて。しっかりした時計が欲しいけど、今はまだ買えないよなぁ。もっと中の仕事が受けられるようになってから考えてみよう。

「具体的な仕事の内容はパンの陳列、お客への対応、大量買いの対応、会計、店と外の掃除くらいだ。もしかしたら、中の手伝いもしてもらうかもしれない」

「分かりました」

「詳しいやり方は当日やって見せるから覚えてほしい」

「はい、明後日よろしくお願いします」

やり取りは以上で終了した。短いやり取りだったけど、残りの詳しいことは当日だよね。期間はそんなに長くないけど、ここを頑張れば纏まったお金が手に入るはず、頑張らないとね。

まず必要な服を買いに行こう！

25　服屋に行こう

パン屋を後にした私はレトムさんに教えてもらった古着屋さんを目指した。一本向こうの通りにあるって言ってたけど、どこかなぁ。キョロキョロと辺りを見渡すと、服が描かれた看板を見つけることができた。

きっとここだよね。今度はお客としてお店に入るだけなのに緊張する。私の中で難民という負い目がまだ残っているからかな。オドオドしていたらもっと不審がられるし、堂々と行こう、堂々と。

扉に手をかけて、引いて開ける。すると、ドアに括りつけてあったベルがカランカランと鳴り響く。

「いらっしゃい」

店の奥から女性の声がした。陳列された服が一杯で姿が見えないが、奥の方にいるようだ。

「服を買いに来ました」

見た目で判断される前に先制しようと思った。そう、私は服を買いに来た客。そのまま突っ立っていると、奥にいた女性がイスから立ち上がる音がした。すると、ようやく陳列された服の向こう側から頭が出て来て顔が見える。

「どんな服を探しているの？」

よし、不審がられてないよね。

「一着は綺麗なブラウスとスカートです。あと三着分はシャツとズボンが欲しいです。あ、店に出ても大丈夫な程度の品質でお願いします」

「そう、分かったわ。自分で見てみてもいいし、私が選んでもいいし。どっちにする？」

「もしよければ見繕ってもらってもいいですか」

「分かったわ、任せて」

そういった店員は陳列された服を見始めた。本当に色んな服があって目移りしちゃいそう。私が見たら余計なものまで買いそうだから、店員に頼んで正解だったかな。一着くらいはちょっと贅沢しちゃったけど、いいよね。

「そういえば、お店で働くって言ってたけど、どこで働く予定なの？」

「一本向こうの通りのパン屋さんです。そのご主人からここの話を聞いてやってきました」

「あら、そうなの。ふふ、今度高いパンでも買っていこうかしら」

店員は笑顔になりながら、服を探していく。すると良いものを見つけたのか、一着のブラウスを手にする。

「ちょっと後ろを向いてくれないかしら」

「はい」

「腕も上げて平行にしてね」

「はい」

店員の言われた通りにすると、背中にブラウスが当てられる。これはサイズを測っているんだよね。

「うん、これがピッタリね。ブラウス一着はこれで決まりだわ」

「見せてもらってもいいですか？」

「えぇ、もちろんよ」

長袖のブラウスを受け取ると隅々まで見ていく。古着とは思えないほどの綺麗さで、ほつれも汚れもない。

「きっとそのブラウスはいい商会のお嬢様が着ていたものね。たぶんサイズが合わなくなったから売られたんだと思うわ。でも、子供ものでこういったものは中々売れないのよね。売れないから三百ルタ値引きしてあげるわ、三千七百ルタにしましょう」

やった値引きしてくれた。そうだよね、いつまでも売れない物を残しておいても仕方ないよね。えへへ、得したなぁ。

「スカートは……この青いスカートなんかいいんじゃない。もう一度後ろ向いてみて」

「はい、こうですか？」

「そうそう……うん、これもピッタリね。青いスカートでいい？」

「はい、大丈夫です」

膝くらいの丈のある青いスカートも綺麗な状態だ。これも商会のお嬢様が着ていた物なのだろうか？

「これは四千二百ルタね。今日は沢山買ってくれるっていうから二百ルタ、オマケで値引きしてあげるわ。これも残していても仕方ないしね」

「ありがとうございます」

やった、また値引きだ。ここを紹介してもらえて本当に良かったなぁ。少しでもお金を貯めたいからありがたいよね。

「シャツとズボンなら沢山あるから。ちょっと待っててね、まとめて見繕うから」

店員さんはブラウスとスカートを私に預けると、大量に重ねてある服から探し出す。一着ずつ真剣な目で見てくれて、なんだか嬉しい気分。

あらためてブラウスとスカートを見ると、上品さのあるものに見えた。やっぱりお金持ちの服は綺麗で丈夫だし、見た目もいいね。早くこれを着て仕事をしてみたいな。

たしか三日に一日の休みだから、三日分の洗濯物は溜めておいてお休みの一日で洗濯をするのがいいね。そのお休みで集落のお手伝いをすれば大丈夫そうだ。

「お待たせ、シャツとズボン三枚ずつ見繕ったわよ。こっちのカウンターに来てね」

「はい、ありがとうございます」

呼ばれて行くと、カウンターにはそれぞれの服が広げられていた。シャツは七分丈で薄いベージュ色が二着と薄い黄緑色が一着。ズボンは全部長ズボンで紺色、赤茶色、濃い灰色だ。しかもシャツの袖には可愛らしい刺繍もされている、可愛いなぁ。

「シャツは全部で六千百ルタ、ズボンは全部で六千四百ルタ。で、どうかしら」

「はい、大丈夫です。あ、ハンガーとか売っていただけますか？」

「いいよ、木製で一本二百ルタね。全部で千六百ルタよ」

思ったより服が安く済んで良かったな。ハンガーも買って、他には……。

「あ、すいません。洗濯干し紐なんかもありますか？」

「あー、あるよ。一本三百ルタだけど、沢山買ってもらったお礼にそのままあげるわ」

「えっ、値引きをしてもらってさらにですか⁉　でも、申し訳が……」

「だったら、また服を買いに来てよ。そのための初来店客へのサービスだから」

わー、なんていい店なんだ。値引きとオマケをしてもらっちゃったよ。こんなことされたらまた来ちゃうよ。

店員さんは大きな紙袋を持って中に折り畳んだ服を入れ始めた。私が持っていた服を手渡すと丁寧に折り畳み、中へ入れてくれる。その後店の奥に行って戻ってくるとハンガーと洗濯干し紐を持ってきて、中へと入れてくれた。

「じゃあ、合計で二万二千ルタよ」

「はい、銀貨と小銀貨でいいですか」

「いいわよ。お金には変わりないからね」

私は硬貨袋から銀貨と小銀貨を出して、カウンターに並べた。店員はそれをしっかりと数えて全部受け取る。

「はい、確かに。ありがとうございました」

「こちらこそ、ありがとうございました」

お互いにお辞儀をして買い物は終了した。えへへ、ようやく手に入れた新しい服嬉しいな。今日はこのまま帰って、洗濯干し紐を設置しよう。家の中だったら無理だから外に設置しないとね。

あ、そうだ！ カルーに新しい職場に替わったこと言わないとね。明日、ゴミ回収で会うからその時に言おうかな。

26 ありがとう

いつもの食堂で昼ごはんを食べ、夜ご飯用の百ルタのパンを買い、一度集落に戻る。両手に服が入った袋とパンを持ちながら、転ばないように帰っていく。

集落に着くといつもお世話になっている女衆の人と出会った。

「あら、リルちゃん。大荷物だね、どうしたんだい？」

「パン屋の売り子としてしばらく働けるようになったので、必要な服を買ってきました」

「あらー、それはおめでとう。新しい服で働きに出るようになれるなんて、流石だわ」

「ありがとうございます」

難民が服を買いお店で働きに出られるのは、難民脱却から一歩進んだ状態なのだろう。その女性は喜びながら拍手を送ってくれた。なんだか照れくさくて顔が見られなくなっちゃう。

「お店の仕事を受けると、町のことが良く分かるからね。いいかい、働きながらも次の働く場所がないかしっかりと探すんだよ」

「はい」

「もしかしたら、定職も見つかるかもしれない。頑張るんだよ」

「頑張ります」

気合の入った言葉を聞き、やる気がみなぎってきた。そっか、町の店で働くってそんなに良いことなんだ。次の仕事に繋がるような出会いがあればいいけど、こればっかりは私だけではどうしようもできないな。

その女性と話し終わると、今度は近くにある倉庫に向かった。倉庫の見張りの人に釘二本とトンカチを希望すると、すぐに出してくれた。最初の頃、鎌を借りるのも一苦労だったのが嘘のようだ。信用大事だね。

それから家に帰りこっそりと家の中を見ると、両親はいなくなっていた。作業をするなら今のうちだ。家の裏側に回り、荷物を置く。それから家の壁に間隔を空けて釘を二本打ち込み、その釘に洗濯干し紐を括りつける。

ピンと張った洗濯干し紐にハンガーをかけて、ハンガーに服を全部かける。うん、これで準備よし。普段はここに吊るしておいて、洗濯したらここに干せばいい。

あ、でも雨が降ったらどうしよう。そのための服を入れる入れ物を家の中に作っておいたほうがいいよね。よし、簡単に蔦で大きな籠を作ろう。

私はトンカチを返した帰り道、森に入って蔦を採取して、その蔦で大きな籠を編んだ。準備完了！

◇

翌日、私はゴミ回収のクエストを受けるために冒険者ギルドにやってくる。いつものように受付でクエストを受けて札のところで待っていると、カルーの姿が見えた。

「リル、おはよう」

「おはようございます。カルー、一つ報告があるんです」

「ん、どうしたのよ」

「実はパン屋の売り子として明日から約半年間、働くことになりました」

「えっ、そうなの!?　良かったじゃない、おめでとう」

報告するとカルーは驚いた顔をしつつも祝福してくれた。

「そっか、しばらくはゴミ回収のクエスト受けられないのね。それはそれで寂しいわ」

「ごめんなさい」

「いいのよ、ただの愚痴よ。リルは胸張って新しい仕事を頑張りなさい。私だっていい仕事があればすぐにでも受けるから、気にしないで」

ゴミ回収もいい仕事なのだが、どっちかっていうと店で働けた方がいい。もしかしたら定職につけるかもしれないし、伝手があって他の仕事が見つかるかもしれないからだ。

でも、ちょっと寂しそうなカルーの顔を見たら胸が痛んだ。出会った頃からとても良くしてくれるから、私も寂しい。

「待たせたな、ゴミの回収に行くぞー」

「ほら、行くわよ。話はまた後でしっかり聞くからね」

「はい」

担当者が来て話は中断してしまった。今はしっかりこの仕事をやり切るのみだ。気持ちを切り替えて、ギルドを出て行った。

◇

ゴミの回収が終わり、カルーと一緒にいつもの食堂でご飯を食べ終えた。

「なるほどねー、しっかりと文字とかを勉強して、それをアピールしたのね」

私は昨日の流れを話した。すると、カルーは頷きながら感心する。

「私も孤児院で文字とか教えてもらったけど、しっかりと勉強した記憶がないわ。今からでもしっかりと習って、ギルド員にアピールしてみせるわ」

「カルーならすぐに文字とかを覚えそうです」

「私だってやる時はやるわ。リルが教えてくれたやり方を真似して、私もお店関係の仕事を貰うわ」

「あと、ランクを上げた方が仕事があるそうなので、そっちも同時に目指した方がいいです」

「うん、そうよね。そろそろランクが上がるから、それまでに文字とかを完璧にしてみせるわ」

子供だからできる仕事が限られてくる。その枠を外れるためにはどんな能力があるのか、示さなくてはいけない。だから、私はできることをギルド員に示して、枠を外れたお陰で新しい仕事を得ることができた。

能力さえあれば子供でもできる仕事があると思ったのだが、それが当たった結果だ。今はランクが少なくて選べる仕事はなかったが、ここで頑張ればランクが上がるし選べる仕事も増える。

私でもできたのだから、カルーでもできるはずだ。これで少しは恩返しできたと思いたいな。カルーには色々と教えてもらって、沢山助けられたしね。いい仕事と出会えたらいいな。

「リルは偉いわね、一人で考えて実行して仕事を貰っちゃったんだもの。先に仕事を始めていた私が抜かされるなんて悔しいって思ったけど、それだけ努力してたってことなのよね」

「カルー……」

「だから、私もリルを見習って考えて色々と実行してみせるわ。ありがとね、リルのお陰で前に進めそうだわ」

満面の笑みでカルーは話してくれた。すごく嬉しい。

「ううん、私こそカルーに感謝をしたいです。難民の私を見下すことなく普通に接してくれて、どれだけ助かったか……私こそありがとうございます」

「ふふふ、別に気にしなくてもいいのに。私がお姉さんぶりたかったからなんだから。それに私よりも恵まれない境遇のリルに意地悪するなんて嫌だもの」

カルーとの出会いは本当に助かったし、救われた。集落から出てきたばかりで町の中のことを怖いと思っていた時、普通に接してもらえたこと。難民なのに見下げることなく仕事を教えてくれたこと。美味しくてお得な食事処を教えてくれただけじゃなくて、一緒に楽しくご飯を食べてくれたこと。

みんなカルーのお陰だ。

「ありがとう、カルー。大好きです」

「ふふ、私もリルのことが大好きよ」

そういうとどちらともなく二人で抱き合った。心が温まるぬくもりに胸の奥が一杯になる。ゆっくりと体を離すと、二人で笑い合った。

「でも、最後まで他人行儀な口調は崩せなかったわ」

「こ、これは……そのっ」

「ふふ、そういうのも含めてリルらしい」

この日はお腹も胸の中も一杯になって幸せな日だった。

27　パン屋の売り子

今日からパン屋の売り子が始まる。新しいブラウスと青いスカートを穿くと、気持ちが高揚していく。新しい仕事にチャレンジする楽しみと不安でテンションが上がったり下がったりする、前世でいつか感じた感情だ。

新しい服で集落の朝の配給にいくと、みんなが声をかけてくれる。この格好を見て新しい仕事にチャレンジする私に励ましと応援をくれた。すると不安が消えて、期待で胸が膨らんだ。

「頑張れよ、リル」

「良かったね、リルちゃん」

声をかけてくれる同じ難民たちに深々とお辞儀をして感謝を伝える。私は集落のみんなのお陰でようやくここまでこれたんだ、って強く実感した。

いつも通りに朝の配給を食べ、後片付けをして、集落を出て行く。その時には胸を張って歩けるほどの自信があった、難民としての負い目はなかった。ここにいるみんなとギルドの人たちとカルーのお陰だ。

私はようやく真っすぐ前を見て歩いて行けた。

町に着き、門番に挨拶をしながら冒険者証を確認してもらう。いつもとは違う服装の私を見て門番の表情が一層柔らかくなった。

「いってらっしゃい」

何かを察したように私の背中を押してくれた。難民だと卑下していた自分が恥ずかしくなるくらいに、周りの優しさが身に染みる。町の住人ではないけれど、町の住人として認められたような気持ちになった。

門で止まって、深呼吸をする。新しい自分の始まりに高鳴った胸を落ち着かせる。ここからの一歩は目標への第一歩だ。ニヤけそうになる頬に力を込めて、第一歩を強く踏み出した。

大通りを進み、途中で普通の通りを進む。朝の早い時間は人影がほとんどなく閑散としている。そんな通りを進んでいくとパンの焼ける匂いが漂ってきた。香ばしい匂いになぜか胸がワクワクする。

少し速く歩いて進むと、右前方にパン屋の看板が見えた。ここが新しい職場だ。ドアは開け放たれていて、そこから匂いが漏れ出している。

「ふー」

なんだかちょっと緊張してきた。落ち着け、慌てるな、しっかり。心の中で自分を励まして前に進む。パン屋の扉はすぐ目の前だ。

私は開けられた扉をノックして声を上げる。

「おはようございます、リルです」

十五畳ほどの店内に声が響き渡った。しばらくは何も反応がなくて、少しだけ不安になってしまう。扉のところで待っていると、店の奥から主人のレトムさんが現れた。

「おはよう。思ったよりも早くこれたな。今日からよろしく頼む」

「こちらこそ、よろしくお願いします」

軽く挨拶をかわす。するとレトムさんが近寄ってきて刺繍が施された白いエプロンを手渡してきた。

「まずはこれをつけてもらおうか」

「はい」

エプロンを受け取り、紐を肩に通して、腰ひもを背中でギュッと結ぶ。それからカウンターの裏側に誘導されて、そこにあった箱を指さされる。

「この箱はお金を入れる箱だ。お客から受け取ったお金を入れたり、おつりをここから出したりする」

これがレジの役をこなすんだね。箱の上に載っかった蓋を取ると、その中には色々な硬貨が入っていた。見た感じあんまり管理がしっかりされていないみたいだ。まぁ、前世と比べない方がいいよね。

「朝、昼、夕で出すパンに種類がある。まずは朝は丸パンの販売のみだ。みんな朝食のために急いで買いに来るから、できるだけ急いで対応してくれ」

「丸パンのみで急いで対応ですね、分かりました」

「計算は間違いのないように気をつけろ。丸パン一個百ルタだ。釣りの間違いがないように正確に早く渡すようにしてくれ」

「一個百ルタ、釣り銭は気をつけながら早く、ですね」

「パンは今から出すからちょっと待ってろ。そうだ、お客は皿か籠を持って現れるからその中にパンを入れてやってくれ。トングを使ってな」

「お客さんが持ってきた皿か籠にトングを使ってパンを入れる、分かりました」

一通りの説明を受けたが、難しいことはなさそうだ。一種類のパンのみの販売だし、料金もキリのいい百ルタだからよっぽどのことがない限り失敗しなさそうだ。問題はどれだけ忙しいか。

朝の時間はとにかく忙しい。それは前世でも今でも変わらないはずだ。どれだけ効率よくさばいていけるのかが朝の時間の勝負所だろう。始めからクライマックスが迫ってきそうだ。

「これがパン百個だ。そろそろもう五十個焼ける。その後、また百個焼いてそれで朝のパンは終了だ」

大きな籠が二個、お店の中央にある台に載せられた。どうやらここでパンを配ったりするらしい。

「すごい数ですね」

「朝は戦争だ。とにかく落ち着いて仕事をしてくれ、そろそろ来るはずだ。俺はパンの用意をするから奥にいるぞ」

「はい、分かりました」

レトムさんは奥の部屋に引っ込んだ。一人でお客の対応をするらしく、ちょっとだけ心細くなった。ダメダメ、こんなところで気弱になっちゃ。両頬をパチンと軽く叩いて気合を入れる。

改めて籠の中のパンを見る。直径十五センチくらいの丸く茶色いパンだ。焼きたてなのか近づくだけで熱気を感じられる。香ばしい匂いにお腹が減っていないのにもかかわらずお腹が鳴りそうだった。

静かな朝の時間。外からパタパタと走る足音が聞こえて来て、その音は段々と大きくなってくる。きっとパンを買いに来たお客だ。

トングを手に持って、初めてのお客を待つ準備をした。

「おっちゃん、おはよう！　パン二十四個頂戴……って誰だ？」

十代前半の男の子が走って現れた。店の中に入ってくるなり、私の姿を見て不思議そうに首を傾げた。

「はじめまして、今日から働き始めましたリルっていいます。よろしくお願いします」

「そうなんだ、よろしく！　俺は宿屋の息子だ」

「パンが二十四個ですね。背負っている籠をもらってもいいですか？」

「あぁ、よろしく頼む」

挨拶を交わすと、すぐに仕事に移る。少年から背負い籠を受け取ると、パンを次々と入れていく。落とさないように、でも素早く。あっという間に籠の中はパンで一杯になった。次はお会計だ。

「全部で二千四百ルタになります」

「おう。えーっと、これで」

男の子からお金を受け取る。手の中には銀貨が二枚と小銀貨が四枚あった、ピッタリだ。

「丁度お預かりします。お買い上げありがとうございました」

「うん、これからよろしくな。じゃ、急ぐからいくわ」

「いってらっしゃい」

少年は背負い籠を背負って手を上げて走り去っていく。初めてのお客はせわしなかったが、問題なく終わることができた。ちょっとだけ緊張でドキドキしたが、失敗しなくて良かったと思う。

一息ついていると、また走る足音が聞こえてきた。今度は二人いるみたいだ。

「いぇーい、俺が一番！」

「くそっ、負けた！」

元気のいい十才前後の少年が二人現れた。どうやら二人で競走しながらここまでやってきたようだ。二人で軽くどつき合いながら店の中へと入ってくる。と、こちらを見て驚いた表情をした。

「……知らない人がいる！」

「本当だ！　誰だ、誰だ⁉」

「今日から働きにきました、リルっていいます。よろしくお願いします」

「「へー」」

自己紹介をすると少年二人は生返事をした。だが、すぐにハッと思い出し籠を差し出す。

「俺、パン三つくれ」

「俺はパン四つちょうだい」

「はい、お待ちください」

そう言ってトングでパンを取ろうとした時、また慌ただしく入ってくる足音が聞こえた。

「お腹減ったー、パン四つくれー」

また少年が入って来た。早く対応しないと。

「おっちゃーーん、パン三つ頂戴」

またまた少年が入って来た。止まらない来客は朝の戦争の合図になった。

◇

朝のパン売りは本当に戦争になった。

「こっちにパン四つくださーい」

「私にはパン二つ」

「ぼ、僕は……」

次々にやってくる子供たち。初めは私の姿を見て驚くが、すぐに注文を口にした。何人もの子供が同時にパンの数を言うから、誰が何個必要なのか覚えるのが大変だ。

「えーっと、四つに……二つに……君は？」

「はい、みっつね」

「えと、あの……三つ」

「すいませーん、パンを……あれ初めての人がいる」

「おはよう、パン三つくれー」

対応している間に次の子供たちがやってきた。私は急いでパンを皿や籠にのせて、会計を間違いのないように済ませて、次に対応する。

「今日から働くことになったリルです。よろしくお願いします。パンはいくつですか？」

「よろしくー。パンは四つ」

「ぼくは三つね」

「はい、四つで四百ルタ。三つで三百ルタですね」

急いでパンをのせて、片手でお金を受け取って数える。お金を木箱の中にいれ、またお金を受け取って数える。

「ありがとうございました」

「リル、新しいパンが焼けたぞ。籠の中に入れておくな」

「はい、分かりました」

「おはよう、パン三つちょうだーい」

休むことなく色んな声がかかってくる。パンはレトムさんに任せて、私はお客の対応をする。

「三つで三百ルタです」

「あれ、初めてみる人だ」

「はい、今日から働くことになりましたリルです。よろしくお願いします」

「よろしくー」

「おっちゃーん」

「パン三つちょうだーい」

「あ、俺が先なのにー！」

とにかく、どんどんくる。順番とか関係なく声をかけてくるから、把握するのが難しい。しっかりとさばくためには、こっちが負けないように積極的に声をかけていくしかない。

「君はパンいくつですか？」

「俺は四つ。あれ、初めて見る人だ」

「今日から働くことになりました、リルです。よろしくお願いします」

「はやくー、パン三つー」

「すいません。えっと、パンが……三つっと。三百ルタです。四つの人は四百ルタです」

「ほいっと。じゃーねー」

「んと、丁度ですーありがとうございましたー」

少年はポイっと小銀貨を投げ渡すと、さっさと行ってしまった。慌てて硬貨の枚数を確認すると間違いはない。お金から顔を上げた時にはその少年はいなかった、色んな人がいるんだなぁ。

その後もどんどんやって来ては、慌ただしく店を出て行く子供たち。パンはなくなるギリギリ直前で店頭に出されているけど、いつなくなるのかヒヤヒヤだった。

最後のパンが焼き上がった時には一気に五人来た。注文が聞き取れなくて聞き返してしまったほどに騒々しかったが、それも一瞬で引いてしまう。そこからは少しずつ余裕がある間隔でお客が見えたりした。

そして、残りのパンが四つになるとピタリと客足は途絶えてしまう。先ほどまでの騒々しさが嘘のようだ。そこに奥からのっそりとレトムさんが現れた。

「どれ、落ち着いたか。パンはいくつ余った？」

「四つです」

「なら、四つを壁際の棚に移して並べてくれ」

言われた通りに棚の端からパンを並べて置いておく。レトムさんは籠を奥の部屋に入れて片づけをする。ふぅ、ようやく息が吐けるみたい。

「どうだ、大変だっただろ」

「そうですね。お子さんたちが元気だから、負けないようにこっちも声を大きくしました」

「うん、聞いた感じだと大丈夫そうだ。水差しをカウンター奥に置いておくから好きな時に飲んでくれ」

「ありがとうございます。喉がカラカラでした」

水差しとコップを手渡されると、私はすぐにコップに水を注いで飲み干した。あー、生き返るー。

「カウンターの奥にイスを置いておくから、何もない時はここに座って休んでいてくれ」

「はい、分かりました。今はやることありますか？」

「中央の台を綺麗に拭いておいてくれ。あとは床の掃除、玄関先の掃除もだ」

レトムさんは奥に引っ込むとバケツと雑巾、ホウキとチリトリを持ってきてくれた。よし、もう少し頑張ってからお休みさせてもらおう。

「俺は昼のパンの準備を進めておく。昼のパンについては焼き上がったら説明をするから、待っていてくれ」

「分かりました」

そこでレトムさんはお店の奥に引っ込んだ。さて、残された私は店の中の仕事をしよう。

まず、乾いた状態の雑巾で中央の台に散らばったパンくずを集める。集めたら台の端にチリトリをくっつけて、そこにパンくずを落として入れる。

次に雑巾をバケツの水で湿らせて絞る。それから中央の台を端から端まで綺麗に拭いていく。ついでにカウンターも拭いておいた。

そしたら今度はホウキでお店の掃除だ。埃をあまり立たせないように、端からゆっくりと掃いていく。お客は来ないのでスムーズに店内を掃き終えることができた。最後にチリトリでゴミを回収すれば、店内の掃除は終わり。

最後は玄関先の掃除。ここも埃をたたせないようにゆっくりと丁寧に掃いていく。それほどゴミはないのですぐに終わってしまった。

ふと、周りを見てみると通りに人が大勢歩いていた。中には馬車も動いていて、町独特の活気を前にしてちょっとだけ浮かれてしまう。

言われた仕事も終わったし、少し休憩しようかな。そう思って店内に戻っていくと、丁度レトムさんが鉄板を持って奥から出てきた。

「昼のパンが一つ焼き上がったところだ。これを棚に並べておいてくれ」

「はい。わぁ、すごく香ばしい匂いですね。何が入っているんですか？」

「これには硬い木の実が入っているんだ。木の実パンっていったところだ」

レトムさんは鉄板を中央の台にのせ、私はそのパンを覗き込んだ。パンの形は丸い形をしていて、朝の丸パンと変わらない大きさだ。でも表面を見てみれば、小さくなった硬い木の実が散りばめられているのが見える。

「木の実パンは百四十ルタで売ってくれ」

「分かりました。並べ方にやり方とかありますか？」

「それはリルに任せる。空いている棚に簡単に並べるだけでいい。じゃ、次のパンを焼いてくる」

お仕事の話をすると、レトムさんはすぐにお店の奥に移動した。あと何種類焼くんだろうな、うーん楽しみだ。

トングを手にすると、落とさないように木の実パンを掴んで棚に並べていく。朝はあの調子だったから並べなくても済んだけど、昼は違うみたい。あ、お客がパンを取ってくるのかな、私が取ってあげるのかなどっちだろう。

気になったので聞いてみることにする。店の奥に足を踏み込むと、レトムさんがパンを成形しているところだった。

「すいません、聞きたいことがあるんですが」

「なんだ」

「昼のお客さんのパンって私が取ってあげるほうがいいんですか？」

「ああ、そうだ。カウンターに希望するパンを言ってくるはずだから、そのパンを板にのせてお客の前に出すんだ」

なるほど、口頭で買いたいパンを言ってきて、それを私が取ってあげるんだね。

「そうそう、冒険者も時々パンを買いに来るんだった。あいつら、パンを入れる物を持ってこないことが多いから、一緒に袋を販売している。袋は一つ二百ルタだ。カウンター裏の引き出しに入っているから」

へー、冒険者もくるんだ。住民だと皿とか籠とか持ってくるからいいけど、冒険者はそういうの持ってないものね。だんだん店の事が分かってきたのがちょっと嬉しい。まだまだ覚えないといけないことがあるから、しっかりと復習しておかなきゃ。

店の奥から店内に戻ると、パンを並べ始めた。昼のお仕事まであともうちょっとだ。

◇

イスに座って休憩して、棚に並んだパンを眺める。朝に残った丸パンと木の実パンの他にベリーパンという新しいパンが並ぶ。丸パンと同じ形で一個百六十ルタで販売するという。甘酸っぱいいい匂いがしてお腹がなりそうだ。

あと少しでもう一つのパンが出来上がるみたいだけど、まだかな。ボーっとしながら待っていると、店の奥から甘い匂いが漂ってきた。今度は甘いパンなのかな。

幸せになる甘い匂いに包まれながら待っていると、店の奥からレトムさんが鉄板を持ってこちらに近づいてきた。

「待たせたな、最後のパンで蜜パンという」

レトムさんが中央の台に鉄板を置く。鉄板の上を覗き込むと丸パンよりも小さな丸いパンが二つくっついた蜜パンがあった。二つ重なった丸パンにはたっぷりと薄黄色い蜜が塗られている。

「すごい甘い匂いですね。お腹が鳴りそうです」

「結構人気があると思う。一個百八十ルタで売ってくれ」

「分かりました」

一番高いパンだ、やっぱり甘味って高いんだね。

「じゃ、俺は早めの昼休憩に入ってくる。二時間くらいたったら、今度はリルが休憩だからな」

「はい、いってらっしゃいませ」

レトムさんはそう言って店の奥にある扉を開けて階段を上って行った。きっと二階が住居スペースなんだろうな。

一人で残された店内、任された責任が少し重く心に伸し掛かる。でも、こんなところでめげてちゃいけないよね。レトムさんが安心して休憩できるように、私が頑張らないといけないんだ。

早速蜜パンを丁寧に並べると、お客さんを待った。しばらくイスに座って待っていると、開けっ放しの扉の向こうからこちらに近づく足音が聞こえてくる。私はスッと立ち上がってお客を迎える準備をした。

すると、扉の向こうから片手に籠を持った女性が現れる。

「あら？」

こちらを見て不思議そうな顔をしてこちらをジロジロと見た。

「いらっしゃいませ。今日から働くことになりました、リルといいます。よろしくお願いします」

「あー、そうなのね。よろしくね」

「どのパンをご希望ですか？」

挨拶もそこそこにして、手に板とトングを持って注文を聞く。

「木の実とベリーと蜜を一つずつ頂戴」

「分かりました。少々お待ちください」

注文を聞くと棚からパンを取っていき、板の上に並べる。全部取り終えるとカウンターの上にのせて確認してもらう。

「全部で四百八十ルタです」

「じゃ、これで」

女性から小銀貨五枚を受け取った。箱の中に入れて中から銅貨を二枚取り出して、女性に手渡す。

「二十ルタのお返しです。ありがとうございました」

「……小さいから大丈夫かしらって思っちゃったんだけど、杞憂だったわ。ごめんなさいね、ジロジロ見ちゃって」

「いいえ、大丈夫です。籠を貸してもらってもいいですか？」

「はいはい」

そうだよね、子供がカウンターにいたらそうなっちゃうよね。仕方がないけど、悔しいな。だから、そんな不安を感じさせないためにしっかりと仕事をしないとね。

女性から籠を受け取ると、トングで一つずつパンを移動させていく。うん、綺麗に移動できたと思う。それから籠を両手で持って女性に差し出す。

「どうぞ、お持ちください」

「ふふ、ご丁寧にありがとう」

「ありがとうございました」

女性が籠を受け取って店を出て行くと、私は深々とお辞儀をしつつ言葉をかけた。ふぅ、午前中とは違う緊張感があったな。昼からは早い対応よりもしっかりと丁寧な対応に切り替えた方がいいかも。

そんなことを考えていると、またお客がやってきた。そのお客も私の姿を見ると不思議そうな顔をしたので、同じような挨拶をして早速注文を聞く。

「今日は丸パン残ってる？」

「はい、四つ残ってます」

「なら丸パン四つと木の実パン六つ頂戴」

大量買いのお客だ。その女性からは食べ物の匂いがしたので、もしかしたらどこかの食堂で働いている人かもしれない。丁寧に板の上にパンを並べて、板をカウンターの上にのせて確認してもらう。

「全部で千二百四十ルタです」

「あら、計算早いのね助かるわ、小さいのに偉いわね。はい、お金は丁度渡すわ」

お金を受け取ると銀貨一枚、小銀貨二枚、銅貨四枚があった、丁度だ助かるなぁ。

「はい、丁度お預かりします。籠を貸してもらってもいいですか？」

「えぇ、はい」

大き目の籠を受け取ると、その中にパンを詰めていく。沢山あるから置き方が難しい。

「お待たせしました」

「またよろしくね」

「こちらこそ、よろしくお願いします。ありがとうございました」

丁寧なやり取りをして、綺麗にお辞儀をする。きっとこの人はお得意様だろうから、気をつけて対応してみた。まぁ、来る人みんなお得意様なのだろうから、気を付けないとね。

「こんにちはー」

休む暇もなくお客がどんどんくる。一人ずつ丁寧にやり取りして失礼の無いようにする。朝のような忙しさはないが、昼は違った意味で大変だった。

お客が重なってくることもあって、その時の対応が大変だったかな。しっかりと声掛けをして待ってもらい、先に対応する人も遅くなく早すぎることもなく接客をする。

お客はみんな初めは不安そうな視線を向けてくるが、しっかりと声を出して対応しているとその不安も最後にはなくなってくれる。こういった小さな積み重ねが私の立場を確固たるものにしてくれるだろう。

何事も初めが肝心だから、気を抜くことなく接客をしていった。時間が経つのを感じる暇もないまま、パンを売っていく。そして、客足が遠のいた時店の奥から扉が開く音がした。レトムさんだ。

レトムさんは奥の部屋の隅にある小さなテーブルに何かを置いてから、こっちに近づいてくる。

「待たせたな。あそこのテーブルに昼食を持ってきたから適当に休んでいてくれ」

「ありがとうございます」

「時間は一時間だな。あそこに時計があるから長い針が一周してきたら、休みは終わりだ。その間は俺が受付をやってる」

「分かりました」

ようやく休憩できる。ホッと一安心すると体に疲れがドッと押し寄せてきた。レトムさんと受付を代わり、部屋の隅にあるテーブルに向かってイスに座る。

テーブルの上にあったおぼんにはパン、白いスープ、ソーセージ三本がのせてあった。とても美味しそうだ。

まず、初めての白いスープを飲むと旨味とコクが合わさったような複雑で美味しい味がした。この白いのって牛乳なのかな、とっても美味しく感じられた。

次にソーセージを食べる。プリプリに茹でられていて、白い湯気が立っていた。ふーふー、と息を吹きかけて少し冷ますと、歯で噛みちぎる。パリッと音がしてジュワッと肉汁が零れだした、美味しい！　ほっぺたが落ちそうだ。

最後にパン。手で裂こうとすると、ちょっと硬く感じる。二つに裂いて、また小さく裂くと中から木の実が出てきた、木の実パンだ。一口大に千切って口の中に放り込む。噛めば小麦粉の甘みと木の実の香ばしさが合わさって、絶妙な味加減だった。

「んふふ、美味しい」

思わず笑みが零れる。うん、手作り感が満載で人の温もりを感じることのできる料理はとても美味しい。少しの休憩時間で一杯の幸せを感じることができる。午前の疲れも、食べる度に抜けていくようだった。

◇

テーブルに肘をついてうつらうつら。ほどよい疲れと満腹が合わさって眠気が襲ってきた。深く寝入らないように気を付けながら、うつらうつらとする。

心地よさにしばらく身を委ねて、休憩を続ける。どれだけ休憩したか分からないが、なんとなくそろそろ終わりそうな気がしてきた。ふと目を開けて時計を見ると、残り五分だ。起きるには丁度いい。

「んーー、ゆっくり休んだー」

イスに座ったまま腕を伸ばして背伸びをする。伸びてから体を緩めると息を吐く。うん、午後も頑張ろう。

立ち上がって受付にいくと、レトムさんはカウンターに肘をついてボーっとしていた。

「レトムさん、休憩ありがとうございました」

「ん、もういいのか」

「はい、十分休ませていただきました」

「そうか。なら、俺は奥でパンを作っている。残りは夕方の販売だけだからな」

「夕方のパンの種類はなんですか？」

「丸パン、木の実パン、チーズパンだ。チーズパンは二百ルタで売ってくれ」

「分かりました」

チーズパンか、夜ご飯のお供にはいい感じだね。今度はチーズのいい匂いでお腹が鳴りそうだな。

レトムさんと入れ替わり、受付に戻ってきた。棚を見てみるとパンは数えるほどしか残っておらず、寂しい状況になっている。

私はトングを持ってパンの整理を始めた。木の実パンが残り四個。ベリーパンは残り五個。蜜パンは残り八個。あれ、人気の蜜パンが一番残っているのはなぜだろう？

今日の売れ行きは良くなかったのかな。それとも、これから売れるのかな。

イスに座って待っていると、その謎を解くお客が来た。

「こんちはー、蜜パンちょーだい」

「私も蜜パンー」

四人の子供たちがわらわらと集まってきた。私はトングで蜜パンを持って板に移し替えると、お会計を始める。

「一つ百八十ルタになります」

「えっと、銅貨が一、二、三……」

「俺、小銀貨な」

「私も小銀貨」

「私もー」

一人が銅貨を数え始め、他の三人は小銀貨を出した。そうか、二人で一つのパンを食べるんだ。あ、だから蜜パンの形は分けられるように二つの丸いパンが重なった形をしていたんだね。

小銀貨の子供にはおつりの銅貨を手渡し、銅貨の子供からは九枚の銅貨を貰った。

「はい、半分こね」

「どっちがいい？」

子供たちはパンを千切ってもう一人の子供に手渡す。それから店を出ながら甘い蜜パンを頬張り始めた。このパンはおやつとして人気があるパンなんだね。

その子供たちが去った後も、すぐに違う子供たちがやってきては蜜パンを欲しがった。残り八個だった蜜パンはどんどんと数を減らして、あっという間に店頭から姿を消した。

そして、店頭から姿を消した後も蜜パンを欲しがる子供たちが来る。

「うわー、今日蜜パンないんだってー」

「どうする、違うパンにする？」

「今日買うのやめようぜ」

「明日はもっと早く来ようぜ」

蜜パンが無いと知るとガックリと肩を落として店を後にした。レトムさんがいう通りに蜜パンは人気があるパンだった。昼の時間に買っていった人たちはおやつとして買っていったのかもしれない。庶民の楽しみ、羨ましいっとちょっと思ってしまった。

「リル、丸パンと木の実パンが焼けたぞ」

日が傾き始めた頃、レトムさんが新しいパンを持ってきてくれた。中央の台で鉄板を受け取り、私は棚に並べ始める。そのパンの匂いに釣られてか、お客が姿を見せ始めた。

「ベリーパンは残っているかしら」

「はい、五個残ってますよ」

「なら丸パン四つ、ベリーパン二つちょうだい」

夕方の注文数はちょっと多かった。多分だけど、夕食用と明日の朝食用に買っていくのだろう。

私はお金を間違わないように慎重に取り扱って、丁寧に接客をした。

「チーズパン焼けたぞ」

とうとうチーズパンが来た。形は丸パンと同じだが、とてもいい匂いだった。店の外にも流れていく香ばしいチーズの匂い。それに釣られてか、客足が多くなる。

「チーズパンを三つください」

「はい、お待ちください」

「チーズパン四つ頂戴な」

「はい、分かりました」

チーズパンが出るとお客はこぞってチーズパンを求めた。夕食の量はどれくらい食べるか分からないけど、チーズパンだけでも夕食は間に合いそうだ。それだけチーズパンはずっしりと重たかった。

「最後の丸パンと木の実パンが焼けたぞ。よろしくな」

お客の接客をしていてあっという間に最後のパンが焼けた。私は急いでパンを棚に並べて、鉄板を店の奥へと片づける。

よし、最後の仕事頑張ろう。気合を入れていると、すぐにお客が入ってくる。

「いらっしゃいませ、どのパンを希望しますか？」

◇

あれからお客は入れ代わり立ち代わりに来てパンを買っていった。沢山並んでいたパンが次々となくなっていく中、一番高いチーズパンがすぐになくなってしまう。

チーズパンが無くなってからも、チーズパンを買いたいお客は沢山きた。その度に丁寧に謝り、残ったパンをオススメしていく。みんなガッカリした顔をしたけど、特に騒がれることはなく代わりのパンを買って店を出て行った。

扉の向こう側が夕日に染まる頃、残りのパンも片手で数えるほどまで減ってしまっていた。その頃になると客足もパッタリとなくなり、暇になってイスに座ってボーっとする。

「リル、今日はここまでだな」

背後からレトムさんが現れて終業の言葉を言った。

「残ったパンを板の上に置いてくれ。その後は棚を綺麗に拭いてほしい。棚を拭くのに、この専用の布巾を使ってくれ。それが終わったら、店の奥にいる俺に話しかけろ」

「分かりました」

私は言われた通りにトングを使って残りのパンを板の上に置いた。それをカウンターの上に置いておくと、用意されていたバケツで布巾を濡らして絞る。手にチリトリを持って、棚に零れ落ちていたパンくずを布巾で集め、チリトリの中に落とす。

全部の棚を拭き、布巾を洗い、チリトリのゴミをゴミ箱に入れる。うん、これで完了した。

「レトムさん、終わりました」

「あぁ、ありがとう」

店の奥に声をかけると、同じく掃除をしていたレトムさんがいた。

「どうだった?」

「忙しかったですけど、大丈夫そうです。落ち着いて接客をすれば、間違うことはなかったです」

「うん。聞いて、見ている限りは大丈夫そうだった。接客も会計も危なげなく出来ていたと思う。これからもよろしくな」

「はい、こちらこそお願いします」

どうやら合格点だったみたい。ほう、頑張って良かった。

するとレトムさんは受付にいき、カウンター裏の棚から持ち帰り用の袋を取り出す。その中に丸パンと木の実パンを入れると、私に差し出してきた。

「クエストの内容にも書いたけど、余ったパンの持ち帰りだ」

「ありがとうございます。クエストで見ていた時から気になっていました」

「そうか、これで明日も頑張ってくれ。暗くなる前に帰るんだぞ」

「はい。今日はありがとうございました」

エプロンを脱いで渡して、私は深々とお辞儀をした。この仕事ができて本当に良かったよ、晩御飯ゲットだね。

店から出ると辺りは真っ赤に染まっていた、暗くなるのも時間の問題だ。私は小走りで通りを進んでいった。

明日からも頑張るぞ！

◇

パン屋の売り子の仕事は問題なく続いていった。

大変な混雑がある朝を体力と気力を削って乗り越え、丁寧な接客を要求される昼を気張って過ごし、間にくる蜜パンを求める子供たちを丁寧に捌き、疲れの溜まった夕食前の混雑は失敗しないように気を付けながら接客する。

そんな日々を一週間、二週間と過ごしていくと少しずつ慣れ始めてきて。三週間、四週間ともなると心に余裕ができ始めてきた。余裕が出来てからが危ないので、気を引き締めて仕事をする。

そして、ひと月が経つ頃、ようやく給料日がやってきた。

その日の仕事が終わると、レトムさんに店の奥まで呼ばれた。

「ひと月お疲れさん。二十三日働いたから、全部で十六万千ルタだ」

そう言って手渡された硬貨。その中に初めての小金貨が入っていた。キラキラ光っていてずっしりと重い小金貨が十六枚、と銀貨が一枚。こんなに大金を受け取ったのは初めてで、手が震えた。

「こ、こんなに貰ってもいいんですか」

「働いたから当たり前だろう。というか、貰ってくれないとこちらが困る」

「あ、ありがとうございます！　また明日も頑張ります！」

ズボンのポケットに入れておいた硬貨袋の中に急いでしまい込む。売れ残りのパンを受け取り一日の最後の挨拶をすると、駆け足で夕日で染まる通りを進んでいく。向かう先はもちろん冒険者ギルドだ。

こんな大金を持ち歩いているのは落ち着かない。早くギルドに預けてしまいたい、と強く思った。

通りを抜け、大通りを進むと冒険者ギルドが見えてくる。急いで中に入ると、冒険者は少ないもののまだギルドはやっていた。列に並んで順番を待つ。

「次の方、どうぞ」

「すいません、お金の預かりをお願いします」

「では、冒険者証の提出とお預けになるお金を出してください」

言われた通りに冒険者証を出し、預ける小金貨を続けて出した。受付嬢はそれを預かると、背を向けて後ろで作業をし始める。しばらく待っていると、振り向いて冒険者証を手渡してきた。

「お待たせしました、入金が終わりました。現在の入金金額はこちらになります」

そう言ってカウンターの上にのせていた鑑定の水晶に冒険者証を照らすと、数字が浮かび上がってくる。その金額は四十四万ルタだった。

「はい、確認しました」

「では、またのお越しをお待ちしております」

お辞儀をしてその場を離れ、冒険者ギルドを出て行く。ここで一つ深呼吸をした。

「んふふ、四十四万ルタ」

我慢できずにニヤケてしまう。だって嬉しいんだもん、仕方ないよね。あ、ちょっと待って、市民権が買える四十万になっちゃったんじゃない!?

あっという間に市民権分のお金を貯めてしまったことに驚いた。最初はこんなにあっさり稼げるとは思ってもなかったから、信じられない。

「そっか、頑張ればすぐに目標が達成できたんだね」

一人でうじうじしていた時間が勿体なく感じてしまう。もっと早く気づいて行動していたら、違った未来が見えたはずだろう。今更言っても仕方ないか。

歩きながら考える、今後どうするべきか。

市民権が買えたとしても、町に住むにはもっとお金がかかる。家賃、食費、光熱費、水道はきっと井戸だからお金がかからないよね。他にも細々としたものを買わないといけないだろう。

まだ小さい自分には家を借りることはできない、家を借りるのはもっと大きくなってからだ。お金を貯めても家を借りれないというならば、今は市民権を買わない方がいい。

ひょっとして、家を借りれる年齢になる頃には冒険者ランクがBになっているかもしれない。そしたら自動的に市民権を手に入れられるはずだから、市民権分のお金を支払わなくても良くなる。

だったら私は冒険者ランクBを目指してみたらどうだろうか。家が買えるのは大人になってからだし、買えるまでは冒険者としてやっていけばいい。うん、決めた冒険者ランクBを目指そう。

外で活動する冒険者になるためには装備を調えないといけない。装備を調えるためにはお金が必要だ。あと五か月の仕事で手に入るお金はおよそ八十万ルタを超えるから、最終的な貯蓄の合計はおよそ百二十万ルタ。

その百二十万ルタで外で仕事を請け負うのに必要な装備品を買わないといけないだろう。装備品だけでなく、道具だっているはずだ。今は冒険者に必要なものを買うためのお金集めにしよう。

冒険にいくために魔法も覚えたいんだけど、今は仕事で忙しいし、休みの日は集落のお手伝いもしないといけない。学ぶ時間が全くなかった。これは仕事が終わってから本格的に学ぶことにしよう。

色々考えると忙しくなってきちゃった。でも、目標があるからやる気も出る。よし、このまま仕事を頑張って、お金を稼いで、外の冒険者になろう！

妙なやる気に溢れた私は夕日で染まる大通りを駆け足で進んでいった。

◇

それから数日後の朝。子供のラッシュが終わった頃に冒険者がやって来た。どうやら冒険に行くために必要な食料のパンを買いに来たみたいだ。

その冒険者は私に近い年齢の少年で、装備しているものは真新しい。町に住んでいる子供が冒険者をやっている、そんな雰囲気だった。

私はその人たちの装備を観察した。革の帽子、革の鎧、革のグローブ、革のすね当て。腰にはショートソードに革の盾がぶら下がっていた。ザ・新人冒険者の出で立ちに見えて仕方がない。いくらぐらいかかったのか、すごい気になる。私は注文された丸パンをトングでとりながら質問してみた。

「もしかして、新人の冒険者ですか？」

「はい、やっぱり分かっちゃう？」

「装備品がみんな綺麗だから、そうかなって思ったんです」

気さくに話しかけると、その少年はちょっと照れくさそうに話してくれた。

「私も冒険者には興味があるんですよ」

「へー、そうなんだ」

「ちなみに装備品はいくらくらいかかったんですか？　参考までに聞かせてもらってもいいですか？」

遠慮なく尋ねてみると、少年は思い出すような仕草をしつつ話してくれる。

「ショートソードと革の鎧が十万ルタくらいで、他の革防具は五万から八万ルタくらいだね。結構高いけど、これが新人冒険者のセットなんだって」

「なるほど、それくらいなんですね。お待たせしました、合計で四百ルタです」

一通り話を聞いて、注文していた丸パンを袋に詰めて手渡した。少年はそれを受け取ってお代を払うと、片手を上げて店を出て行く。私はそれを見送り、先ほどの話を思い出していく。

あの装備が全部で四十万ルタくらい。最終的な貯蓄額が百二十万の私には、ちょっと安く思えてしまった。でも、これで不足なく新人冒険者セットは買えることが分かってホッとする。

もしかして、もうちょっといい装備品があればそっちも買えるんじゃないかな、と思ってしまった。うーん、大人しく新人冒険者セットを買うか、少しいい装備を買うか、今から悩んでしまう。

◇

冒険者ランクBという大きな目標ができた私はやる気を出して売り子を続けていった。二か月も経つと売り子の仕事が板についてきて、お客と会話を楽しめるほどにまでなる。三か月経つと迷っているお客にすかさずパンを売り込む度量までついた。

難民だとオドオドしていた私はいなくなり、普通の人として接するくらいにはなっていたと思う。

周りからすれば小さな進歩かもしれないけれど、私にとっては大きな進歩。自信がついたお陰だね。

この仕事に出会えた事に感謝。この世界に馴染めない部分があったけど、少しずつこの世界の人たちに接することで馴染めてきた。前世を思い出してから一年も経ってないもんね、大きな前進だよ。

パン屋の主人レトムさんは私の仕事ぶりを褒めてくれた。まぁ、中身が大人だからちょっとズルをしているのは気が引けるんだけど、ありがたいよね。

子供の私を雇ってくれただけじゃなくて、気をつけて面倒を見てくれたみたい。積極的に話す方ではないけれど、要所を押さえて指示を飛ばしてくれたし、仕事についてのあれこれと丁寧に説明してくれた。

お陰で心に余裕ができて、焦ることなく仕事ができたと思う。レトムさんが雇い主で良かったなぁ。

今日も一日頑張ろう。

「チーズパン、出来たぞ。後は頼む」
「分かりました」
夕方に売るパンが出来たみたい。中央の台に置かれると、チーズの匂いが店内に強く広がった。この匂いを嗅ぐと一日の最後が近づいているっていう気持ちにさせてくれる。うん、最後まで気を抜かないで頑張ろう。
いつものようにトングを使って、丁寧に棚に並べ始める。万が一にも落とさないようにパンの下に手を添えて移し替えていく。

今日も綺麗に並べ終えることができた、達成感が心地いいな。カウンターで待とう、と思っていると店に近づく足音が聞こえてきた。今日は早いな、そう思って出入口の向こう側を見てみると――。

「こんにちはー」

「いらっ……あっ」

「いた、リル！」

カルーがいた。カルーは嬉しそうな顔をしてカウンターの傍に駆け寄ってくる。

「ど、どうしたんですか？」

「ふふふ、驚いてる。ちょっとねリルに会いたくなっちゃったの」

「そうですか……久しぶりに会えて嬉しいです」

「私もよ」

カルーがここにくるのがすごく驚いた。働いている場所は教えてはあったけど、まさか来てくれるなんて思ってもみなかった。久々に見るカルーは変わりなく見えて安心する。

「その服もエプロンも似合っているわ。あのリルがこんなに可愛く化けるなんてねー、ビックリだわ」

「もうっ」

「ふふ、ごめんなさいね。嬉しくてつい意地悪を言っちゃったわ」

褒められているのかいじられているのか、どっちなんだろう。でも久しぶりのやり取りはやっぱり嬉しいな。

「そうだ、カルーは何か用事があって来たんですか？」

「そうなの！　私ね今度店の受付ができるようになったの！」

「えぇ、そうなんですか⁉　おめでとうございます」

なんと、カルーの働き口が見つかったみたいだ。ずっとお店で働きたいと言っていたが、それが実現して本当に嬉しい、やったぁ。

「お仕事が終わったら、帰り道で色々話さない？」

「ぜひ！」

「じゃ、おもてで待っているわ」

嬉しい申し出に飛びついた。カルーが店を出ると、すぐにお客がやってくる。よし、いつものように接客して残りの仕事を完璧にこなしていこう。

◇

「ありがとうございました」

あれから夕方前の混雑が来て、忙しく接客をした。相変わらずチーズパンは人気で一番に売り切れて、売り切れた後でもチーズパンを求めるお客が後を絶たなかった。そのお客さんには丁寧にお断りして、他のパンを薦める。

そうやって店内にあるパンをどんどん売っていき、あっという間に残り五つになる。これくらい残ると閉店だ。

「レトムさん、パンの残りが五つになりました」

「おう、なら閉店だな」

「分かりました」

確認を取ってから閉店の準備をする。パンを板の上に移し替えて、中央の台と棚を綺麗に拭く。ついでにカウンターを拭くと終わりだ。最後にパンを二つ、好きなものを貰って帰る準備が完了。

「お疲れさまでした」

「あぁ、お疲れ様」

挨拶をして店を出て行くと、すぐ近くでカルーが待っていてくれた。

「お待たせしました、カルー」

「ううん、全然大丈夫よ。じゃ、帰り道を歩きながら話しましょ」

「はい」

夕日で染まる通りを二人で並んで歩いていく。初めは取り留めのない話をしたりして、久しぶりの会話を楽しんだ。あぁ、懐かしいなぁ。ゴミ回収の時は沢山お話ししたっけ。

「それで、お店の受付の仕事が受けられたって言ってましたけど」

「そうなのよ。道具屋のお店でね、主人の奥さんが店番してたらしいんだけど亡くなられてしまったんだって。そこで冒険者ギルドに店員補充の依頼を出してくれたらしいの」

カルーの仕事は道具屋の受付らしい。夫婦であれば子供がいて、子供に店番を任せることが多そうだが違うのだろうか？

「夫婦にはお子さんがいなかったんですか？」

「話を聞く限りじゃ、子供は町の役人になってしまったんですって。だから、店番を任せる人がいなかったらしいわ」

お子さんが違う職についていたら店番はできない。なるほど、と頷いているとカルーが話を続ける。

「この依頼を受ける前にね、リルが勧めてくれた勉強に力を入れたの」

「文字とか計算ですか？」

「えぇ、仕事をしていない間は孤児院でずっと勉強していたの。シスターも驚いていたわ、私が急に勉強をしたいって言い出したからね」

どうやらカルーは私を真似て本当に勉強を頑張ったらしい。シスターが驚いていたって言ってたけど、カルーがどれだけ勉強から逃げていたのか想像して可笑しくなった。お姉さんぶるけど、そこは年相応なんだなぁ。

「勉強は本当に大変だったわ。でもリルは何も知らない所から一人で勉強してたって言ってたから、少し勉強していた私が負けるわけにはいかないじゃない」

「ふふ、カルーらしいです」

「もう、笑わないでよね」

二人で顔を合わせて笑い合う。そっか、カルーは私に倣って頑張ったんだなぁ……嬉しい。

「文字の読み書きと計算が一通り出来たら、すぐに冒険者ギルドに言ったわ。私の時もテストされたけど、お陰で普通の技能ありって冒険者証に書かれたの」

「良かったですね。私の経験が生かされたみたいで嬉しいです」

「本当にリルのお陰よ！」

そういったカルーは私に抱きついた。ちょっと恥ずかしいな。

「しかもね、私が孤児院の子だと知ったら住み込みで働いてもいいっていうことになったの。この仕事も私がやめない限りずっと続けてもいいんだって」

「えっ、じゃあカルーは孤児院を出るんですか？」

「孤児院は出るけどお世話になったし、これから少しずつ恩返しをしていくつもりよ」

カルーはすごいな、もうそこまで考えて行動していたんだ。私はまだ集落を出て行くことができない。出て行くためのお金が足りないどころか、仕事が安定していないからだ。私はどうすればいいんだろう。

「今度リルが外の冒険者になったら私が働いている道具屋にきてね」

「……うん、必ず行くよ」

「約束よ」

そうだ、私は外の冒険もしてみたいんだ。カルーはカルーのやり方で目標を達成できたんだ、私は私のやり方で目標を達成しよう。

夕日が差し込む大通りで二人でゆびきりを交わす。そのゆびきりは私のわずかに残った不安を拭い去り、前を見る目に変えてくれた。

◇

パン屋の売り子の仕事も残りひと月となる。毎日を忙しなく過ごしているうちにあっという間に時間が経ってしまった。

この頃になって少し変わったことがある。ある日、お昼の休憩を取ろうと店の奥へ行くと、見知らぬ女性が立っていた。

「こんにちは」

「えっと、こんにちは……」

「初めまして、レトムの妻です」

初めてレトムさんの奥さんと出会った。見た目は華奢な感じがして、子供を産んだようには見えない。だからこそ、子供を産んで体調を崩してしまったのだろうか。

「ご飯できたからここに置いておくわ」

「ありがとうございます。体調は大丈夫ですか？」

「えぇ、リルちゃんが代わりに働いてくれたお陰で大分良くなったわ」

にっこりと笑う表情は自然でいて無理をしているようには見えなかった。そっか、自分が働いているお陰で奥さんは体を休めることが出来たんだ。働くことで誰かが助かっているとは考えなかったので、誰かのためになっていることが知れて嬉しい。

「あの……残りのひと月頑張ります。なので、それまで体を十分に休ませてください」

「ふふ、リルちゃんも優しいのね。ありがとう、お言葉に甘えて休ませてもらうわ」

奥さんには十分に休んでもらって、万全の体調で仕事に戻って来てほしい。きっとレトムさんも同じことを考えているはずだ。

挨拶が終わると奥さんは階段を上がって住居スペースに戻っていった。それを見送った私は用意された昼食を食べ始める。

うん、今日も美味しい。私もしっかりと休んで午後の仕事頑張ろう。

それからひと月の間は奥さんがお昼ご飯を持ってきてくれた。持ってくると少しお話をして戻っていく毎日だ。日が進むにつれて少しずつ話が長くなっているような気がする。

話を聞くと体調が悪くて部屋に閉じこもってばかりだったんだって。だから、レトムさん以外に喋る人がいなくて寂しかったのかな？　私もお話出来て楽しかったから良い時間だった。

そして、私の最後の日、奥さんが赤ちゃんを背負ってカウンターに立った。

「久しぶりだから、色々と教えてねリルちゃん」

主人の奥さんに教えるなんて恐縮してしまう。失礼のないようにやり方を丁寧に教えていった。

教えている時、背後からの視線が強くなったのはきっと気のせいじゃないはずだ。

お客が来た時には接客のやり方を見せた。色んな話し方をして接客のバリエーションを教えたり、しっかりとお辞儀をしてお見送りの仕方を見せたりした。

「あらー、リルちゃんの接客は丁寧ね。見習うことが沢山あるわー」

奥さんは「明日から真似するわね」と笑顔で言っていた、なんだか恥ずかしい。

お客がいない時は色んな話をした。私が難民ってことやどんな生活しているか、ということ。奥さんは真剣に聞いてくれたり感心したり、表情がコロコロ変わって話していて楽しかった。

こんな穏やかな日が今日で終わりだなんて、寂しい。ようやく、この世界の住人になれた気がしたのにまた突き放された感じがした。

ううん、こんな考え方をしていたからダメなんだ。ここまで気にする必要はなかったし、今までだって大丈夫だったじゃない。パン屋で働いた日常を思い出せ、私はもう大丈夫だ。

そして、とうとう夕方になり残りのパンも四つになった――閉店だ。

いつものようにパンを移し替えて、棚を拭いた。ついに最後の仕事が終わる。

肩の力を抜き、大きく息を吐いた。六か月頑張った重責から解き放たれると同時に寂しさが胸の中を一杯にする。

「リルちゃん」

呼ばれて振り向くと、レトムさんと奥さんが並んでこちらを見ていた。

「リルちゃんが来てくれて本当に助かったわ。六か月間も本当にありがとう」

「お陰で妻の体調も良くなって店に立てるほどになった、働いてくれてありがとう」

「そ、そんな大げさな。こちらこそ依頼を受けさせていただいて感謝しているくらいです」

「ふふ、それでもよ。何事もなく六か月間を過ごせたのは、リルちゃんのお陰なのよ」

二人の優しい言葉が胸を打つ。こっちのほうが感謝をしているのに、感謝されるなんて思ってもみなかったよ。

「今月分の給与だ、受け取ってくれ」

「それと最後のパンなんだけど、このためにチーズパンを二つ残しておいたわ。最後はぜひ私たちの人気のパンを食べてね」

最後の給与を受け取り、最後のパンを受け取った。いつも売り切れるチーズパンをわざわざ残してくれていたらしい。一度は食べてみたかったから、すごく嬉しい。

「あの、今までありがとうございました。こちらで働かせていただいて、自分自身の成長につなげることができました」

「そうか、そう言ってもらえて良かった」

「最後は二人でお店に立てて、とても楽しかったです。出来ることならもっと一緒に働いてみたかったです」

「私も同じよ。リルちゃんのお邪魔になっちゃいけないからって一緒に働かなかったことがとても残念だったわ」

私の気持ちを二人に伝えた。二人は笑顔でそれを受けて、嬉しい言葉を返してくれた。

「これがクエスト完了の用紙だ。冒険者ギルドに必ず出すんだぞ」

「はい、分かりました」

用紙を受け取って、二人から少し距離を取る。手をギュッと掴んで、深々とお辞儀をした。

「こちらで働かせていただき、ありがとうございました！」

「こちらこそ、ありがとう」

「リルちゃん、私からもありがとう」

これでパン屋の売り子の仕事は終わった。楽しく充実した日々は私の胸の中に温かい記憶となって残る。もう少し働きたかったけど、贅沢は言えない。

だって、私には次の目標があるんだから。

夕日で染まる大通りを駆け出していく。一直線に目指した先は冒険者ギルド。中に入ると、受付の列に並ぶ。人数が少ないのですぐに自分の番となった。

「次の方どうぞ」

「入金とクエスト完了の用紙です、お願いします」

受付のお姉さんに冒険者証と小金貨と用紙を渡すとにこりと笑って「少々お待ちください」と後ろを向いた。私はドキドキしながら待つ。

しばらくするとお姉さんが振り向いてきた。

「まずはお預け金の確認からお願いします」

お姉さんが鑑定の水晶に冒険者証をかざすと金額が出てくる、百二十四万五千ルタだ。以前に予想していた金額になっていて安心した。

「次にクエスト完了の報告です。今回Fランクのクエストを半年間受けていただき、ありがとうございました。長い期間携わってくださったので、ランクアップが可能となり、この度リル様はEランクに昇格することになりました」

やった、ランクアップだ。これで受けられるクエストが増えるってことだよね。

「依頼は今から見ていきますか？」

「いえ、明日また来ますのでその時に見せてもらいます」

「分かりました。明日お待ちしておりますね、冒険者証をお返しいたします」

冒険者証を返してもらい、お辞儀をして冒険者ギルドを出て行った。

暗くなる前に集落に戻らないといけない。足早に大通りを進んでいく。だけど、はやる気持ちを抑えきれずについつい早歩きになって、駆け出してしまう。

「やった、Eランク、Eランクだよっ」

嬉しくて嬉しくて顔がニヤケるのが止められない。ランクもアップして、お金も貯まって、心も成長できた。次の目標に向かって進めることが嬉しすぎる。

楽しかった日々がなくなったのは悲しいけど、後ろばかり見ていられない。ようやく前に進める力を手に入れたんだ、前に進まなくてどうする。ようやく外の冒険に出かけるために必要なものが揃ったんだ。

「明日から外の冒険に行く準備ができる！」

まだまだ準備の段階だけど、それでも嬉しくて駆け出しちゃう。明日が楽しみだ！

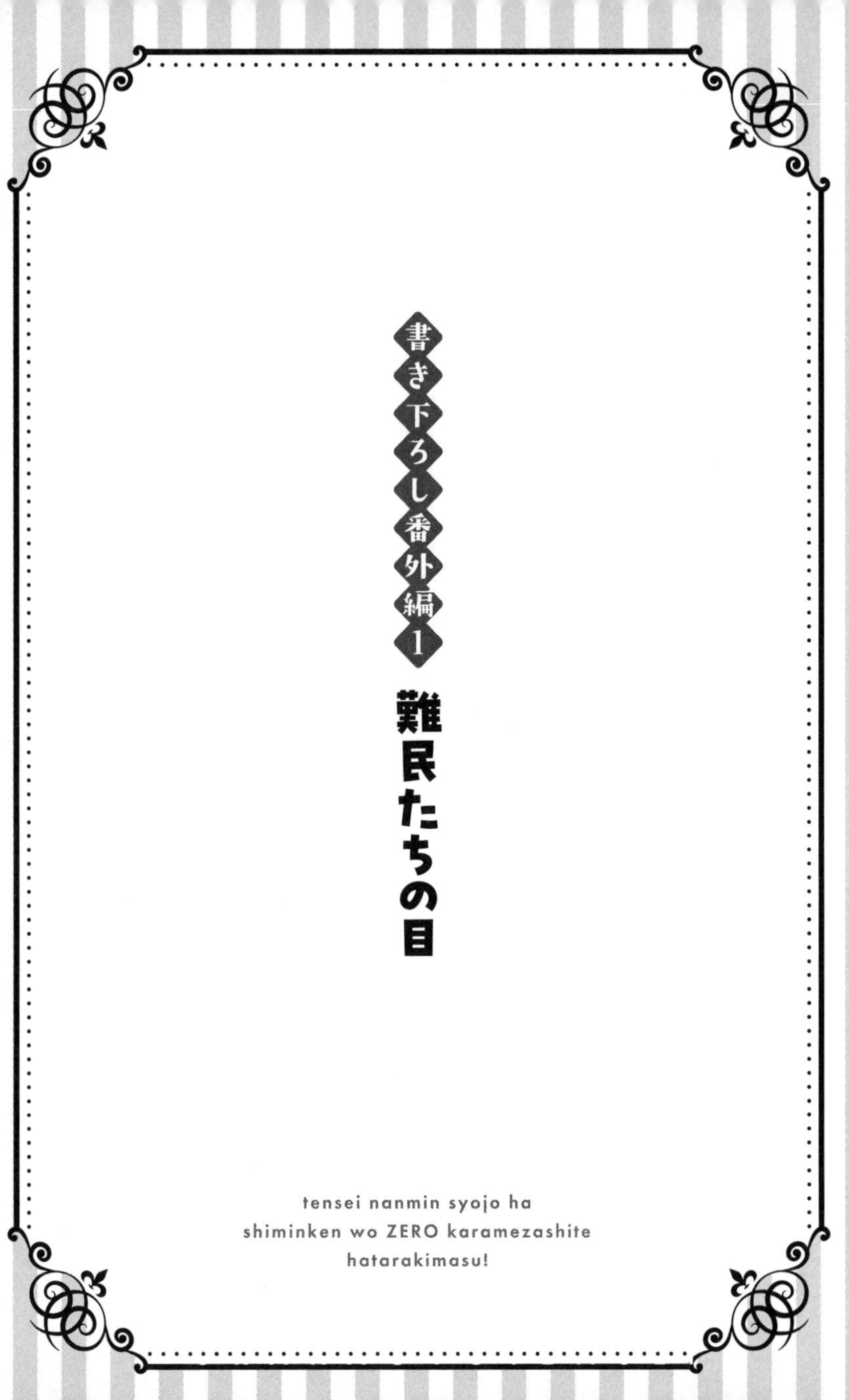

書き下ろし番外編1

難民たちの目

tensei nanmin syojo ha
shiminken wo ZERO karamezashite
hatarakimasu!

昼の配給が終わり、配給を作っていた女性たちが片づけ始めた。その女性たちの雰囲気はどこかピリピリしていて空気が重い。黙々と鍋を洗ったり、洗い終わった食器を片づけていると一人の女性が大きくため息を吐いた。

「はぁ。またあそこの家の奥さん、来なかったわね」

「来なくなってから大分経つんじゃないかしら。体調も悪くないのに困っちゃうわね」

「この間、会ったのよ。配給の手伝いに来いって言ってやったけど、無反応だったんだから」

「それ本当？　いやーねー」

女性たちは最近配給の手伝いに来ない家族のことを噂していた。正確には数えていないが数か月も手伝いに来ていないことは知っている。

集落ではそこに住む人たちが協力し合って生活していた。共通の認識として配給を作るのが女性たち、水汲みや食料となる獣を狩るのが男性たちの仕事として割り振られている。それぞれが自分の仕事をしているからこそ配給を食べられるのだが、問題の家族は全くと言っていいほど集落の仕事をしていなかった。

集落の仕事はそんなに難しくないし、時間をかけるだけですぐに終わってしまうものばかりだ。そんな簡単なことを放棄して何もしないのは集落の者として見過ごせない。小さなもやもやは大きくなって、それは強い嫌悪になる。問題の家族は集落から嫌悪の対象として見られていた。

「だからねその家族の子供に言ってやったんだよ、あんたの母親はどうなっているんだいって」

「あー、そういえば言っていたわね」

「結構キツイことを言ってたね」

「でも、その後すぐにその子供が自分が手伝いをするって言って驚いたわ」

その子供というのはリルのことだ。配給の手伝いに来ている女性が嫌悪対象だった家族の子供に苦言を呈した。本来ならキツく言うはずなのは大人のほうなのだが、つい苛立ちが高まってしまい子供のリルに言ってしまったそうだ。本当ならそれで終わる話だったが、リルが両親の代わりに自分が手伝いをすると宣言してきた。

「真剣な目でそんな事言われたら、何て言って返したらいいのか分からなくなったわ。つい、話を逸らしちゃったわよ」

「まぁ、子供にそんな事言われたらねぇ。でも、その申し出は当然だったと私は思うわよ」

「あんたしっかりと仕事を与えていたじゃない」

「やってくれるっていうんだからね、やってもらわないと困るわよ」

本来ならリルの両親がやらないといけない仕事をリルがやることになってしまった。そのことについては女性たちは申し訳ない気持ちを持ちつつも、当然の行いだと思う気持ちもある。子供でも十歳になるんだからできるはずだ、そんな思いからリルの手伝いを承諾した。

「一番キツイ水汲みを任せるだなんて、あんたの鬱憤も相当溜まっていたからかい？」

「別に水桶にいっぱいは入れなくてもいいんじゃないか。半分くらいを二往復してくれればいいな、と思って送り出したよ」

「水桶にいっぱいは大人でもキツイんだから、わざわざそんなに入れてこないと思うけど。まさかっていうこともあり得るわよ」

「えー、やだー、そんな事言わないでよ。私が悪いみたいじゃない。じゃあ、リルがくるまでこの辺りで待ってみる？」

重い水入り水桶を持って川からこの場所まで往復するのは大人でも一苦労だ。それを子供のリルにやらせてみるほど鬱憤が溜まっていた、悪いのは親なのに。でも、水は水桶の半分まで入れてくるだろうと思っている。だって、大人だって苦労する水桶いっぱいの水を入れて運んでくる訳がないのだから。

その場にいる女性たちはそう思うようにしているのだが、もしかしたらということもある。試しに仕事をしっかりとしているか見張るためにも、この場に残ってみたらどうだろうかと考えた。その考えに他の女性は乗り、リルが来るまでその場で待ってみた。

待ってしばらくすると、川の方向からよろめきながら近づいてくる人影を見つける。

「ほら、見てみな。戻って来たよ」

女性が指を差してリルが戻ってきたことを知らせると、他の女性たちはリルの姿を見た。重い水桶を細い腕で持ち上げて歩いてくるが、ここからだとどれだけの水が入っているのか分からない。リルが近づくまで女性たちは待っていると、リルがその存在に気が付いた。

「あ、皆さん。どうしたんですか？」

ちょっと疲れた表情でリルが女性たちに声をかけてきた。

「ここで長話していたんだよ。どれくらい水をもってきたんだい？」

「結構零れちゃいましたが、これだけ持ってくることができました。半分以上は残っていると思います」

リルは水桶を女性たちの前に置くと、女性たちは水桶の中を見た。中には確かに半分以上の水が入っていて、リルが嘘をついていることはない。ということは、リルは初めから水桶にいっぱいの水を持ってこようとしていたのでは、という考えが女性たちの頭の中に過った。

「もしかして、初めから水桶にいっぱいの水を入れてきたのかい？」

「はい。一回で持っていく水が多かったら、他の皆さんが助かると思って持ってきました」

何も疑わない純粋な目が女性たちを見た。一方で女性たちは少し居た堪れなくなり、少しだけ視線を逸らす。こんなに重たい水桶を持たせてしまった罪悪感が今になって襲い掛かり、なんだか気持ちがスッキリしない。しばらく無言が続いていたが、一人の女性が思い切って話しかける。

「ねぇ、リルちゃん。水桶いっぱいに水を入れなくても大丈夫だったんだよ」

「そうだったんですか。てっきり私は水桶いっぱいだと思ってました」

「次からは水桶の半分でも大丈夫だと思うけど」

「いえ、零しちゃうかもしれませんができる限り多くの水を持ってこようと思います。時間はかかりますが、持ってこれないわけではないので大丈夫です！」

頑張ります、と両手で拳を作ってリルはアピールをした。その力強いアピールを前に女性たちは何も言えなくなってしまう。これ以上大変な仕事をやってもらうのはやめたほうがいいのではという気持ちと、今まで集落の仕事をしてこなかったから当然のことだ、という気持ちがせめぎ合う。

何も言わずにいると、リルは水桶の中にある水を水瓶に入れると「もう一往復行ってきます」と言ってその場を離れていった。また川に向かって歩いていくリルを女性たちは黙って見送った。しばらく無言でいるけれど、なんだか居た堪れなくなってしまいつい口を開いてしまう。

「これで良かったのかしら？」

「まぁ、今までの分をやってもらうっていうことだったらいいんじゃない？」

「でも、あんな小さな体で大丈夫だと思うかい？　なんだか心配になってきたよ」

「何を今更言っているんだい。分かっていたからこそ水汲みの仕事を頼んだんじゃないのさ」

水汲みをするリルの姿を見ると女性たちの見方が様々に変わった。どれも同情的でリルを擁護するものばかりで、先ほどとは言っていることがかなり変わっている。それだけ懸命になって水汲みをするリルの姿を見て心が打たれた証拠だ。それに真っすぐに仕事を受ける姿勢を見せられると悪態もつけなくなってしまう。

それぞれが微妙な顔付きになっているものの、心の中にあった嫌悪の感情は薄らいでいた。

「まぁ、お手伝いは始まったばかりさ。今日が良くても明日以降がダメになる可能性もあるからね」

「継続が一番大変なことだからね、これからもリルちゃんがお手伝いをしているか時々見てみようか」

口ではこんなことを言っているが、女性たちの心の中は以前よりは尖っていなかった。しっかりと仕事をするか見張ってやろうとは言ってはいるが、実際に思っていることは違う。健気に頑張るリルを見守りたい、そんな大人心が少なからずあった。

◇

　あれからしばらく経ち、リルはお手伝いの日数を順調に重ねていった。初めの頃は道具を借りることもできなかったが、今では借りれるようになり生活が少しずつ豊かになりはじめた。水汲みに慣れた頃、他にも手伝いがないかと思案した結果自分でもできる狩りを思いつく。それが食料になる穴ネズミの捕獲だ。

　穴ネズミはその名の通り、木の根元などに穴を掘り暮らしている大きなネズミだ。このネズミは雑食性で何でも食べる性質を持っていて、その性質のせいで集落のみんなが困っていることがある。配給された大切な食料を狙ってくるのだ。

　駆除しようと思っても数が多くて駆除しきれない。食べるにしても普段大人が狩っているような大型の獣に比べては肉が少なく、大人の労力に見合わなかった。だから、中々数が減らないのがこの集落を悩ませる原因の一つだ。その原因の一つを少しでも取り除くことができるのならば、少しでも食料を手にすることができるのであれば、それは良いお手伝いになるのではないか？　リルはそう思った。

　リルは早速道具を作り、穴ネズミの捕獲に乗り出した。やり方は簡単、穴ネズミがいる穴を見つけると餌のついた棒を中に差し込んで誘いかける。その棒に噛みついたところを引っ張り上げて、脳天に石オノを振り下ろすだけだ。このやり方なら子供のリルでも狩りができる。

早速実践してみると、やり方は大当たり。穴ネズミは餌に釣られて棒を噛み、引っ張り上げられたところを石オノで仕留められる。しかも一つの穴に複数の穴ネズミが生息していたので、探す手間が省けた。ほんの少しの穴を見つけるだけで、穴ネズミの捕獲数を稼ぐことができたのだ。食料を無事に入手し、配給を奪っていく穴ネズミを退治することができた。

リルは意気揚々と穴ネズミを持って女性たちのところへと向かった。

「あの、すいません」

「どうしたの、リルちゃん」

「穴ネズミを退治してきました。このお肉、次の配給の時に使ってください」

広場にいた女性たちに捕獲してきた穴ネズミをみせると、女性たちは一様に驚いた顔をした。

「この穴ネズミをリルちゃん一人で捕獲してきたの？」

「でも、穴ネズミって普段穴の奥にいるから捕まえにくいんじゃ」

「それは餌で釣っておびき寄せて、出てきたところを石オノで叩きました」

不思議に思った女性たちがリルに聞くと、リルはやったことを説明した。そのやり方を聞き、感心した女性たちは唸る。

「そういうやり方もあるのね。よく思いついたわね」

「子供でも穴ネズミを捕まえる事ができるのね」

「こんなに沢山の穴ネズミを捕獲するなんてすごいわ、よくやったわね」

女性がリルを褒めると、リルは嬉しそうに笑った。

「それじゃあ、穴ネズミの解体をお願いします」

「あぁ、後は任せておきな」

「明日の昼には出せるようにしておくわね」

リルは後の事を任せてその場を後にした。残された女性たちは地面に置かれた穴ネズミを持ち上げて行動を開始する。炊事場の近くにある食料庫の中からまな板と包丁を出すと、炊事場の近くで穴ネズミの血抜きをする。その待っている間、女性たちは会話を始めた。

「結構大きな穴ネズミよね。何を食べてこんなに大きくなったのかしら」

「やっぱり配給を奪っていったからじゃない。どれだけ見張っていても、目を離したらすぐ寄ってくるんだからキリがないわ」

「数だけは多いからね。今度からリルちゃんが狩ってくれるのかしら」

その言葉に女性たちは考えこみ、そしてまた話し始める。

「穴ネズミを狩ってくれるのは助かるから、ありがたいわね。男の人たちは大きな獲物を狩るので手一杯みたいだし」

「スープの具が多くなるのはいいわね。一日一食だから少しでも多く食べておきたいし」

リルが穴ネズミを狩ってくるのは良いことだと口を揃えた。積極的に狩っていないせいで数は減らなくて、食料庫を狙われて大変だ。少しでも数を減らすことができれば、食料を守れるし、配給の量が減らない。それに純粋に食べる量が増えることが一番に嬉しかった。それから話はリル自体に移っていく。

「リルちゃんがお手伝いを始めてから、そろそろひと月になるわね。しっかりとお手伝いを継続しているみたいで安心したわ」

「そうね、あの親の子だからすぐ諦めると思っていたんだけど、思ったよりも続いていて驚いたわ」

「でも、今回は驚いたわ。水汲みの仕事だけだと思っていたんだけど、狩りまでやってくれるだなんて」

「まぁ、今までやってこなかったらその穴埋めじゃないかしら」

リルが働かなくなった両親に代わってお手伝いを始めてひと月が経った。重労働の水汲みをしっかりとやり遂げているだけじゃなくて、配給の手伝いも始めている。初めは厳しかった難民の目もリルが働き続けると厳しさが減った。やることをやってさえいれば、リルの環境は悪くはならない。

初めの頃は半信半疑だったが、日数を重ねるごとにその気持ちが変わっていく。お手伝いを休まず行い、しっかりと水汲みをし続けたリルの懸命な姿勢は他の難民の目にしっかりと映っていた。そんなリルが新しいお手伝いをし始めて、リルに対する嫌悪はほとんどなくなっただろう。

「穴埋めだとしてもよ、やってくれることに意味があるわ。必要最低限の手伝いしかしない人だっているわけだし、それに比べるとリルちゃんは働いているほうよ」

「まぁ、私たちのような昼の配給を受ける人たちには、改善しようっていうやる気が欠けているからね。このままじゃいけないのは分かっているんだけどねぇ」

「最近のリルちゃんの働きぶりは良い傾向だと思うわ。もしかしたら、町に働きに出るかもしれないわね」

「そうなったらいいんだけどねぇ。あの親が」

「そうよねぇ」

リルへの嫌悪がなくなるどころか、印象は大分良くなっている。集落内で仕事をするということがそれだけ重要視されている証拠だ。厳しかった難民たちの目も和らいでいて、今はどちらかというと見守っているようなそんな目でリルを見ていた。あんなに懸命に手伝いをしている姿を見ていると、いつの間にか絆されてしまっていたようだ。

「リルちゃんも頑張っているみたいだし、明日のスープは大きな肉の塊でも入れてみようか」

「いいんじゃない。リルちゃんが働いて捕ってきたものなんだし。それぐらいはしてあげないとね」

「あんな細い体で良くやると思うわ。沢山食べさせて太らせないといけないわよ」

「分かる、そうよねぇ。もっと沢山食べさせてあげたいわね」

リルが頑張っている姿を見ると女性たちもやる気が出てくるようだ。それに頑張った人にはご褒美もないと可笑しな話だから、明日のスープには大きな肉の塊を入れてあげよう。そう話し合った女性たちは頷き合い、血抜きが終わった穴ネズミを捌き始めた。

「魚じゃないかい！　どうしたんだいこんなに」

　昼の配給を作ろうと集まった女性たちのところに魚を持ったリルが現れた。大量の魚が入った籠を渡された女性たちはみんなが驚いていて、信じられないといった顔で魚を見下ろしていた。話を聞くとリルが自ら罠を作り捕獲したと言っていたが、大人でも簡単にできないことをやってのけたリルに素直に驚いた。

「今日の昼の配給で使ってください」

「こんなにいいのかい？　自分で焼いて食べることもできたと思うんだけどね」

「えーっと、自分で焼いて食べてみました。でも、こんなに捕れたんだからみんなにも食べてほしくて持ってきました」

「小腹を満たすために魚を捕って食べる人はいたけど、配給に魚を渡すのはリルが初めてだよ。本当にいいんだね、これだけあればしばらくはお腹が減らないというのに」

「みんなのために捕って来たので、ぜひ使ってください」

　集落の近くに流れる川には魚がいる。一日一食しか配給が食べられない難民はいつも食べるものが少なく、それでお腹が減る人は自分で色々と採取して食べている。魚も集落に住む難民にとっては貴重な食料だが、数が捕れないため個別に食べるだけで終わっていた。本来なら自分のお腹を満たすための食料を提供されて女性たちは少し戸惑っていた。だが、しばらく考えるとその提案を受けることにする。

「リルがそこまでいうんなら、昼の配給に入れさせてもらうよ」

「はい、お願いします。あ、昼の配給作るの手伝いますね」

「なら、リルちゃんには芋を洗って茹でる仕事をお願いできるかしら」

「分かりました」

その一言で動き出した。女性たちは魚を受け取り早速配給の準備を始める。リルも指示を貰って動き出すと、箱に入った芋を水瓶の水を使って洗い始めた。その近くでは一人の女性が地面に置いたまな板の上で魚を捌き始める。その近くで野菜を切っていた女性が魚を覗き込む。

「中々の大きさじゃないか、これだったらみんなに一切れは行き渡りそうだね」

「まさか、魚を捕ってくるなんて思いもしなかったから驚いちゃったわ。どうやって捕まえたのかしらね、あとで聞いてみようかしら」

女性が魚を持ち上げて改めて魚の大きさを確認すると、腕の半分くらいの大きさがあり驚いていた。近くでそれを見ていた女性も驚いた顔をして包丁で材料を切りながら話を続けた。

「みんなが自分の小腹を満たすために捕まえる魚を配給に出してくるなんて驚いたわ。これだけあれば数日はお腹いっぱいになったはずなのにね、勿体ないことしたんじゃないかしら」

「水汲みに穴ネズミの捕獲、次は魚の捕獲だなんてね。どんどんお手伝いが大きくなっているような気がするわ」

「あんなに頑張っていたのに、まさかもっと頑張ってくるなんて思いもしなかったわよ」

もうリルを悪く言う人はいなくなっていた。魚を自分で全部食べる事もできただろうに、それをしなかったリルへの好感度は増していく。それにお手伝いの難しさも上がっているようで、それも好感度が上がる要因となっていた。そんなリルを見てきた女性たちはリルを温かく迎え入れ始めている。

本当ならそこまでお手伝いをしたのだから休んでいてもいいのに、今はみんなと一緒に配給作りをしている。リルは今、土のついた芋を丁寧に洗って大鍋に入れていて、魚を捕ってからずっと働いている。どうしてそこまでお手伝いばかりするのか疑問に思えるほどリルは立派にお手伝いを継続していた。どうしてそこまで頑張るのか女性たちは不思議だった。

「リルちゃん、どうしてそんなに沢山のお手伝いをするんだい？」

「水汲みだけでも十分なのに、穴ネズミと魚の捕獲までやらなくても大丈夫なんだよ」

「そうそう。穴ネズミだって魚だって自分だけで食べても良かったのに、どうしてだい？」

女性たちはリルに不思議に思っていたことを質問をした。芋を洗っていた手を一旦止めたリルは少し考えた後に口を開く。

「両親のこともありますけど、今までそんなにお手伝いをしていなかったので、その穴埋めができればなっていう考えがあります」

「本当にそれだけかい？」

「……今回のことで信用って大事だなって思ったんです。初めの頃は全く信用されなくて道具すら借りれなかったじゃないですか、それが結構ショックでした。だから、そんなことがないように信用されたいなって思ったんです」

お手伝いを開始した頃は難民たちの視線は厳しいものだった。仕事をしていても監視されているような視線に晒されてとても辛かった思い出がある。でも、それもお手伝いの日数が経つと厳しい視線が次第に穏やかになっていたのも感じた。そこでリルは信用が何よりも大事なんだ、そう強く思う。もう二度とそんな視線に晒されないためにも、リルはお手伝いをしっかりとして信用を勝ち取りたかった。

「今、こうしていられるのもそうやって信用をされたからだと思います。みなさんも、以前の私だったらこんなふうに話すのは嫌でしたよね？」

「そうだねぇ、以前のままだったら嫌だと思っていたね。だけど、今は違うよ。それはリルちゃんがしっかりと信用を築き上げたお陰なんだろうね」

「お手伝いを頑張って良かったと思います。それなりに大変でしたが、集落のみんなに認められて難民の一人として仲間として受け入れられたんだなって思って嬉しかったです」

お手伝いを始めて少しずつ周りの目が変わっていったことをリルは敏感に感じ取っていた。リルを見てくる視線が少しずつ緩くなり、それが温かいものに変わっていったのを知っている。それはしっかりとお手伝いをしたからであって、リルの努力が実を結んだ結果だ。

「両親があれですし、頼れる人は集落の人くらいしかいません。だから、集落の人のためになることをして、助け合う関係になれたら助かるなって考えてます」

「そこまで考えてお手伝いを率先していたんだね。誰かに脅されているんじゃないかとちょっと思っていたけど、そうじゃなかったんだね」

「しっかりと考えていたんだね。そういうことなら歓迎するよ、リルちゃんのお手伝いで大分助けられたし、その分リルちゃんを助けることができたらいいね」

リルが自分の気持ちを伝えると女性たちはリルの気持ちが分かり同情した。お手伝いの全ては善意ではなく、そういった目的があったと知れて逆に安心したようだ。そういうことなら、と頷く女性ばかりだった。

「それだったら困ったことがあったらなんでも言うんだよ」

「できる限り協力させてもらうよ」

「ありがとうございます。とても心強いです」

次々と女性たちが名乗り出しリルの力になると宣言した。その心強い言葉にリルは自然と笑顔になり、感謝を示すために頭を下げる。

「さぁ、配給を仕上げていこうか。早くしないと難民たちが集まっちまうよ」

「はい！」

女性の言葉にリルは元気よく返事をした。その声で女性たちの手元が慌ただしくなり、リルも忙しそうに鍋に水を入れ始める。

◇

お手伝いを始めた頃は難民たちの厳しい目で見られていたリルだったが、お手伝いを続けていくと厳しい視線はなくなり同情の視線に移り変わった。リルとの交流を深めるとその同情も変わり、今では見守るような視線に変わっていた。優しくなった雰囲気はリルが頑張る姿を見せる分だけで広がっていき、今ではほとんどの人がリルに優しくなっている。

その変化を身近で感じてきたリルは嬉しい気持ちになり、より一層お手伝いを頑張るようになった。水汲み、穴ネズミの捕獲、魚の捕獲と様々にお手伝いをするリルは集落で無くてはならない存在になる。仕事もそうだが、リルの働く姿勢に感銘を受けた難民が多く、以前難民が感じていた嫌悪感は全くなくなった。

今ではすれ違えば挨拶をして簡単に雑談し、リルが働いていれば応援の声をかけることもある。一緒に仕事をしてくれる人も居れば、困ったことがあったら手伝ってくれる人だっていた。ここまで難民を変えたのは、リルが懸命に手伝いをしていたお陰だ。

そんなリルは今日もお手伝いをする。

「リルちゃん、今日もお疲れ様」

「お手伝いをしているのかい。なら、私もそろそろやろうかね」

「リルちゃんの捕まえてきた獲物のお陰でスープの具が増えたよ、ありがとね」

リルが集落内を歩けば色んな人に話しかけられる。お陰で孤独を感じることはなくなったし、嫌な気分にもならないから気持ちが軽くなった。

「今日もお手伝い頑張ってね」

「はい、頑張ります！」

今日も集落内では元気のいいリルの声が響き渡った。

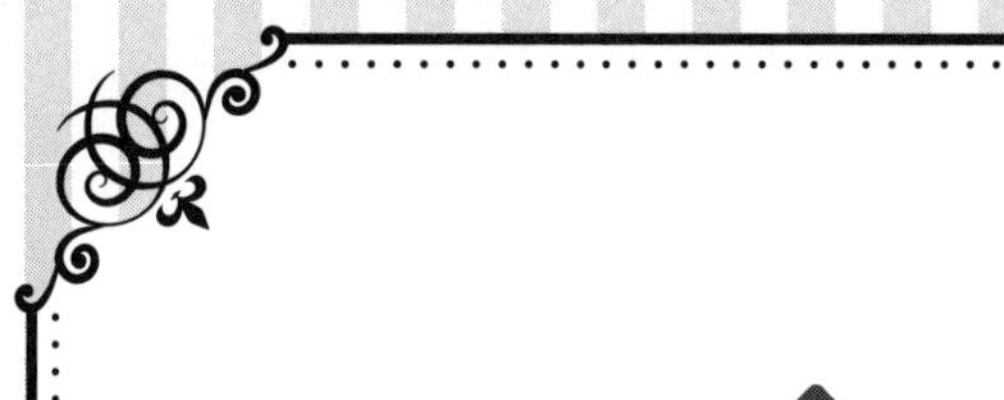

書き下ろし番外編2

新しい冒険者さん
～ギルドの受付のお姉さん～

tensei nanmin syojo ha
shiminken wo ZERO karamezashite
hatarakimasu!

今日も冒険者ギルドを開ける時間がやってきた。身だしなみと服装を確認、笑顔も確認、よし準備万端。

「扉、開けまーす」

他の職員が冒険者ギルドの扉に近づくと鍵を開けて扉を開く。開いても朝早いため冒険者の姿はまだ見えない、けどこの後すぐに沢山の人がやってくる。

しばらく隣の職員と話していると、その集団がやってきた。それは町の外からやってきた難民の集団だ。この難民は町から離れた森に住んでいて、毎日そこから働くためにやってくる。

その難民たちは領主さまの指示によって保護されている人たちで、いずれ町に住む者として丁重に扱ってほしいとお願いされた人たちだ。だから、難民だとしても卑下する者はここにはいない。

一冒険者として扱い、少しでも働きやすい環境をつくって、難民脱却の力になってあげよう。ギルド員みんなそんなふうに考えていた。それはもちろん私も一緒で難民脱却のお手伝いができればいい、そんなことを考えて冒険者ギルドで働いていた。

今日の私は新規の冒険者登録担当だから、カウンターの前に人が中々並ばない。隣で次々と難民に仕事を与えている同僚を見ると、忙しそうでいいなっとちょっと羨ましかった。

手持ち無沙汰な時間が過ぎた時、こちらを指さす女性がいた。どうやら小さな子に何やら教えているようで、小さな子も真剣に聞いているみたいだ。

新規の受付に用があるのかな？　しばらく様子を窺っていると、少しオドオドしながらその子が歩いてやって来た。

その子は他の難民に比べて粗末な衣服をまとっているが、肌は綺麗に整えられていた。きっとここにくることを意識して綺麗にしてくれたんだろう、働くにはいい心掛けね。

見た感じ今日が初めてって感じね。怖がらせないように優しく対応してあげよう、こんなところでやっぱり無理ですって言われたら悲しいものね。

その女の子が私の目の前までやってきた。ちょっと及び腰だけど、警戒されないように笑顔を浮かべてしっかりとした口調で話す。

「冒険者ギルドへようこそ。こちらは新規の冒険者登録の場所ですがお間違いないですか」

「はい。冒険者登録に来ました。よろしくお願いします」

「はい、お任せください。どうぞ、イスにお掛けください」

驚いた、ちゃんと丁寧な言葉を使って話せる子だったんだ。まだ小さな子だから口調も砕けた感じかなって思っていたんだけど、そうじゃなかったみたい。

ちゃんとお辞儀もして礼儀正しいし、難民にしては……ううん、普通の人に比べてもかなり礼儀がなっているわ。こんな子が難民だなんて、世知辛いわね。

私が説明している時も行儀よくイスに座って真剣に聞いてくれている。普通ならこの年代の子供はここまできちんと話を聞くことはないのに、この子は相槌を打ちながら聞いているわ。

しかも、話の内容をしっかりと理解している顔付きをしている。結構難しいことを言っているのに、一度も不思議そうな顔をしなかったわ。こんな子が難民だなんて信じられない、ちょっとショックね。

「では、次に冒険者登録をします。登録手数料の一万ルタをお出しください」

「はい」

ダメダメ感情に流されちゃ。しっかりとお仕事しなきゃ。

登録料を求めると、その子は袋から硬貨を取り出して数えて私の前に差し出した。私はそれを受け取ると金額を確認した。きっちり一万ルタになっている。

この子、お金もしっかり数えられるの？　驚いて顔を見てみると、その子が不安そうな顔をした。

「すいません、硬貨が一杯で」

そんなこと気にしてないわ、あなたのことを気にしているのよ。なんて言えるわけないけどね。なんとか取り繕ってその場を収める。

「ちゃんと計算できるのはすごいことですよ」

「ありがとうございます」

正直な気持ちを伝えると、その子は安心したように少しだけ笑ってくれた。うん、お金をしっかり数えられるのはすごいことだから、もっと誇ってもいいのにな。

それから鑑定の水晶を出して、その子の情報を抜き出した。水晶にとても驚いていて、おっかなびっくりに手を水晶に当てていた。年相応の可愛いところもあるのね。

水晶の中に文字が浮かびだすと、その子はその文字をまじまじと見始めた。まさか文字まで分かるの？　と、驚いているとその子の表情が曇ったものになった。

「文字と記号は読めますか？」

「あの、読めないんです」

お金は数えられるのに、文字と記号が分からないのか。なんだか不思議な子だな、てっきり分かるかもしれないと思ってしまった。でも、これが普通よね、この年の難民がスラスラ文字が読めるようになっていたら驚きだもの。

その子、リルちゃんの代わりにステータスを代読する。すると記号の意味も説明せずに理解しちゃったみたいで、驚いちゃった。もしかしてさっきのランク説明の時に記号の意味を理解したのかな、だったらこの子はすごい子だわ。

しかも、色々と質問してきたから驚いちゃった。魔法のこととか文字のこととか真剣に尋ねてくるから、疑問が出ないようにしっかりと答えた。たった一言説明しただけなのにリルちゃんは理解したようで、そこでもまた驚いちゃったわ。

この子、素質は十分なのね。だったら心配するよりはしっかりと説明して分かってもらう形をとったほうがいいのかもしれない。仕事の話もきっちりと説明してあげよう。

次に重要な仕事の話を始めた。クエストが書かれた用紙は読めないから私が代読して一つ一つ伝える。すると、リルちゃんは聞き逃さないようにとても真剣な顔をして話を聞いてくれた。こういうのって話しがいがあるわね。

仕事の話をしていても疑問に思ったことはしっかりと質問してくる。しっかりと薬草の話を聞いて、受注のクエストとどちらが報酬が高くなるか計算をしているのかな。そこまで考えて仕事を選んでくれるなんて紹介しがいがあるわ。

しばらく考える素振りを見せたリルちゃんは真剣な顔で話してくれる。

「ゴミ回収でお願いします」

しっかり考えて一番報酬の多いクエストを選んでくれた。薬草採取という報酬が不確定なものよりも、しっかりと報酬が貰えるクエストにしたのね、ちゃんと考えてて偉いぞ。

顔付きは真剣で今から働くぞ、という気合を感じられる。今から気張っていたら疲れちゃうんじゃないかな、ちょっと心配だ。クエストの集合場所を教えると、次に冒険者証を手渡す。

「では、こちらが冒険者証になりますので大切にお持ちください」

リルちゃんは両手で冒険者証を受け取って、まじまじと見つめた。文字を見ているみたいだけど、なんて書いてあるか分からないからか不思議そうな顔で眺めている。早く文字が読めるようになるといいね。

リルちゃんは冒険者証をズボンのポケットにしまうと、こちらに一礼をしてから集合場所に行った。まだちょっとオドオドしていて、しっかりとお仕事ができるかこっちが不安になっちゃうな。

目でリルちゃんを追うと、早速同じクエストを受ける子に話しかけられていた。

あぁ、すごく驚いているわ。大丈夫かしら、でもちゃんと受け答えしているみたいだし平気なのかしらね。会話も続いているみたいだし、案外順応しているのかもしれないわ。ただ、見ているとハラハラしちゃうのよね。小さな子だから余計に心配しちゃうわ。

まだ冒険者になりたてだし、温かく見守っていきますか。

◇

あれからリルちゃんは冒険者ギルドに通ってきた。朝は難民たちと一緒になって冒険者ギルドに来て、仕事を請け負って冒険者ギルドを出て行く。

初めはオドオドした感じだったけど、しばらく通っているとそういう雰囲気がなくなってきた。ここに慣れてくれたのなら嬉しいことだ。次第にちょっとした笑顔なら見受けられるようになったから、その笑顔にひそかに癒されている。

というか、話しているだけでも癒されちゃうんだよね。雰囲気というか口調というか、対応していると余計な力が抜けるような感じになる。こういうのってなんて言えばいいのか分からないけど、リルちゃんの対応していると癒されるのよね。

礼儀正しくしているからかしら、それとも小さな子なのに丁寧な口調で話しかけてくれるからかしら、そうそうしっかりとお辞儀をして感謝してくれるところも可愛くて癒されるのよね。本当になんて言ったらいいのか分からないけど、頑張れーって応援したくなるのよね。

そんなリルちゃんにお友達ができたみたい。孤児院の子で名前はカルーちゃんっていうの。カルーちゃんは世話焼きで本当にいい子で、リルちゃんの面倒を積極的に見てあげているとっても優しい子。今では二人でくっついて色んな話をしたり仕事をしたりして楽しんでくれているわ。

リルちゃんもそんなお友達の子ができて嬉しいのか、カルーちゃんとお話ししている時はとっても笑顔が素敵なの。遠くで見守ることしかできないけど、ちらっと見た時の笑顔が素敵で思わず笑っちゃったわ。お陰で対応していた冒険者の人には不思議そうにされてしまったけど、仕方ないわよね不可抗力よ。

初めはどうなることかと思ったけど、少しずつ冒険者ギルドに馴染んでくれて本当に良かったわ。難民としての負い目とか感じているみたいだったけど、今ではそんなこともないみたい。そういうのは気にしなくてもいいよーって念を送りつつ誠実に対応していたお陰かな、そうだったらいいな。

そして今日もリルちゃんたちがやってきた。今日は珍しく時間があったからか、一緒に列に並んでくれた。

「ゴミ回収のクエストありますか？」

カルーちゃんが言った。えーっと、いつものゴミの回収ね……あ、今日はないわね。

「すいません、今日のゴミ回収のクエストはなくなりました」

いつもは残っているのに、今日は他のクエストが少なかった影響かしら。カルーちゃんとリルちゃんは困った顔をしてどうしようかと悩んでいる。何か丁度いいクエストはないかしら……あっ、そうだわ！

「あ、そうしたらいつものギルド内の掃除をクエストとして出しましょう」

子供向けに残しておいたクエストがあるのを思い出したわ。私は一度席を立って後ろの机に座っている上司のところに行く。

「あの、子供たち用のクエストでギルド内の掃除ってありましたよね。それって今日実施しても大丈夫でしょうか？」

「ギルド内の掃除ね、確認するから待ってて」

そういって上司は引き出しの中から書類を出して中をペラペラめくって確認を始めた。

「うん、しばらくやってないみたいだし、いいんじゃないか？」

「ありがとうございます。クエスト発注しておきますね」

「こっちも書類に記入しておくよ」

よし、掃除のクエストが取れたわ。これでリルちゃんたちがクエスト選びに困らなくて済むわね。

急いで席に戻り、掃除のクエストができることを伝える。

「上司の了解が取れました。どうでしょう、カルー様とリル様で冒険者たちが使う場所の掃除を行うのは。お一人四千ルタ、お出ししますよ」

「それでお願いします。リルもそれでいいよね」

「はい、いいです」

良かった話を受けてくれたわ。嬉しそうにしてくれると、上司に相談したかいがあったわね。

「それでは、冒険者たちが少なくなった後に掃除の開始をお願いします。詳しいことはカルー様が知っておられますので、お二人で仕事のことを話しておいてくださいね」

カルーちゃんはこの仕事を何度も受けてくれたし大丈夫よね。様子を窺うとカルーちゃんは「任せなさい」と言っているように自信満々に胸を張っていた。うふふ、頼りになるわねよろしくお願いします。

二人は待合席の場所に行き、私は次の冒険者の対応を始めた。

しばらく冒険者のクエストについてやり取りを行っていくと、だんだん冒険者の数が減ってきた。私の前に並んでいた列も今対応している人で最後になってしまう。あっというまに対応を終わらせると、列に並ぶ人がいなくなってしまった。

ということは、冒険者がいなくなったからそろそろ掃除のクエストが始まるわね。待合席のほうを見てみると、二人はまだお話をしていた。この光景も珍しいわね、子供が待合席に座っているのは変な感じだわ。いつもは大人の冒険者が飲み食いする場所なのに、今だけは違ったものに見えるわね。

微笑ましく眺めていると、カルーちゃんが動き出して、次にリルちゃんも動き出した。どうやら掃除を始めるらしい。そういえば、リルちゃんが働く姿を見るのは初めてになるわね、一体どんな姿で掃除してくれるのかしら。書類を整理しながら見てみましょ。

書類を整理していると、リルちゃんが道具を持ってホールにやってきた。それから冒険者ギルドを出て、しばらくすると重そうなバケツを持って戻ってくる。まずは何をするのかとチラ見しているとイスをテーブルに上げ始めた。

……そうか、掃除の邪魔にならないようにしているのね。ほら、イスを上げ終わるとホウキで掃き始めたわ。リルちゃん、ちゃんと頭を使いながら仕事をしているのね。どんなふうに仕事をするのか分からなかったけど、普段の仕事でも頭を使いながらやっていそうだわ。

私もリルちゃんを見習って効率よく仕事をしましょう。クエストの書類をまとめたり、冒険者が受けたクエストのリストをまとめたりした。集中してやっていると自分の仕事もあらかた片付いてしまう。そこで、またチラッとリルちゃんを見た。

今度は拭き掃除を始めていたわ。真剣な顔をして床を懸命に磨いていき、隅々まで綺麗にしてくれていた。ホールの隅からテーブルの下まで、普段汚れないところも普段汚れるところも同じ力加減で拭いているみたい。

リルちゃんって綺麗好きなのかしらね、拭いているところが本当に綺麗になっていくから驚いちゃった。拭き終わったところとこれからのところを見比べればその差は歴然だ。カルーちゃんでもそこまで綺麗にできなかったのに、リルちゃんって仕事熱心なのね。

ホールが綺麗になっていく光景はとても気持ちが良いもので、他の職員もその光景を微笑ましく見ていた。

「リルちゃん、あんなに綺麗にしてくれて。助かるわね」

「そうですね。初めて働く姿見ましたけど、頑張っている姿が微笑ましくて」

「ふふ、そうね。頑張っている姿を見るとこっちも負けてられないっていう気にさせてくれるわ」

「ですよねー。まぁ、お陰であらかたの仕事は終わってしまったんですけど」

リルちゃんは気づいているだろうか？　ギルド職員の沢山の目が向けられているということを。みんながみんな微笑ましそうに眺めてから自分の仕事に戻っていく。まるで仕事の息抜きにリルちゃんの頑張る姿を見ているみたいだ。

そんなふうに仕事の息抜きにリルちゃんを見ていたら、こっちの仕事もあっちの仕事も終わってしまった。綺麗になったホールを見ると清々しい気持ちになるわね。良くここまで綺麗にできたものだわ、流石だねリルちゃん。

一仕事終えたリルちゃんを覗き見してみると、とても満足そうな顔をしてホールを見渡していた。うんうん、とっても綺麗になったよ。本人も心なしか嬉しそうに笑っていて、それが可愛いって思っちゃった。いい笑顔、ごちそうさま。

はぁー、今日はいい日だな。こんなに癒されるなんて思ってもみなかったわ。お疲れ様、リルちゃん。

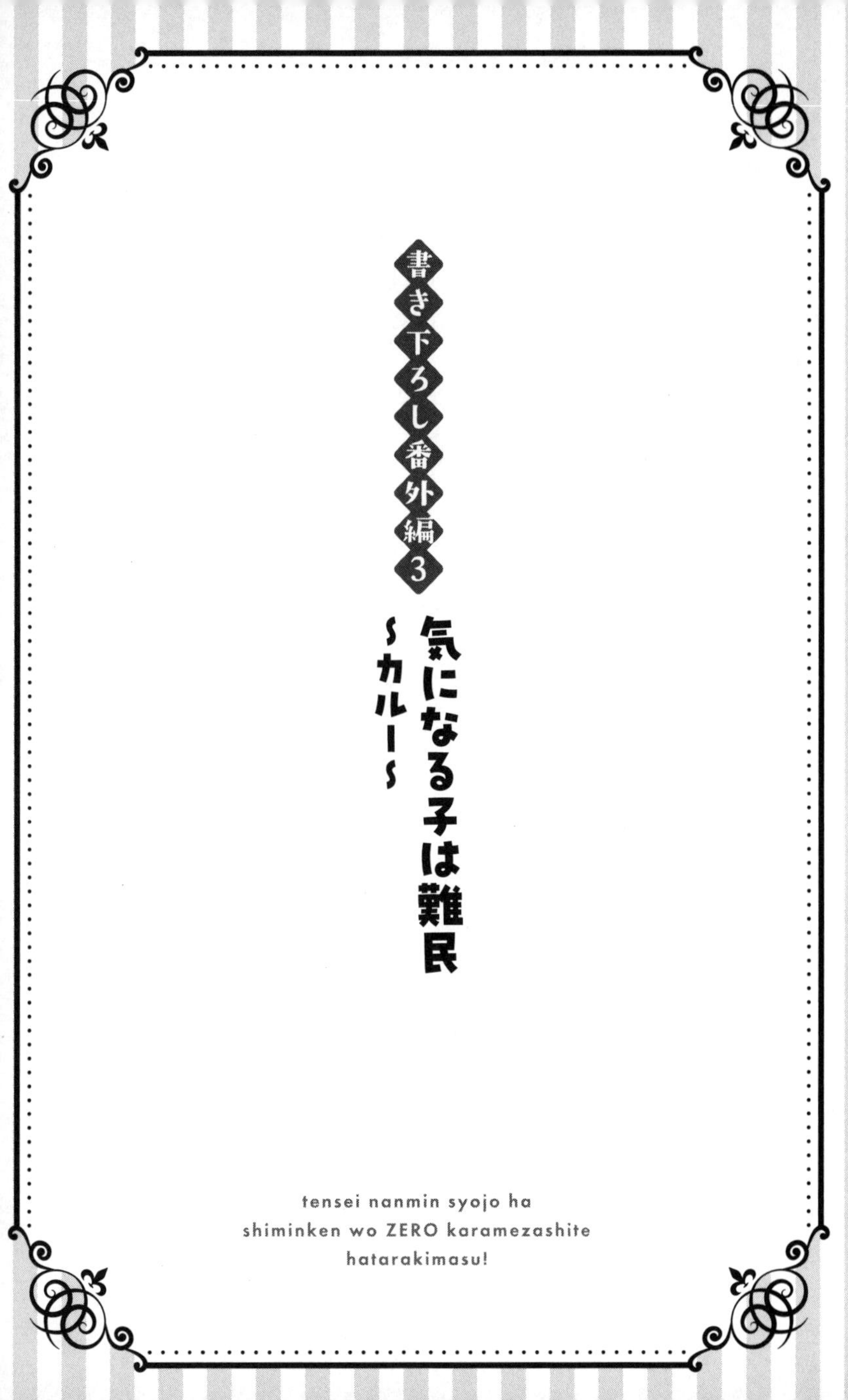

書き下ろし番外編3

気になる子は難民
～カルー～

tensei nanmin syojo ha
shiminken wo ZERO karamezashite
hatarakimasu!

「それじゃあ、シスター行ってきますね」

「気をつけていってらっしゃい」

孤児院が併設されている教会から出て行く。シスターと他の子たちに別れを告げて、私は冒険者ギルドへと向かった。働き始めて数か月が経ったけど、仕事は順調そのものだ。仕事にも慣れて心に余裕ができ始めたくらい。

働き始めたきっかけは冒険者という職業を知ったから。冒険者として登録して、クエストをやればお金が貰える。それを知った時から私は冒険者になりたかった。冒険者っていうから、てっきり外へ行って魔物退治をするものだと思ったけど、町の中にも仕事があるって知れて本当に良かった。それだったら私にも働けそうだから。

私はシスターにお願いして冒険者に登録してもらった。もちろん、働くのは孤児院のため。少しでもみんなのためになったらいいなって思って、働きにでることを決めた。働いてもらったお金は孤児院のみんなに使ってもらっている。でも、それだと私のためにならないからって、そのお金で好きな物を買ってきなさいってシスターに言われているの。

急に欲しい物って言われても思い浮かばなかったから、外で食事を取ることを許してもらったわ。これだと孤児院で食事を取らなくてもいいから、残ったものをみんなで分けれるからいいわよね。そう言ったらシスターに微妙な顔をされたわ、いいことをしたと思ったのに何か違ったのかしら。

そんなふうに孤児院を出て働いている。今日もいつも通りに冒険者ギルドに行き、受付でゴミ回収のクエストを受けた。それから待ち合わせの場所である壁際に寄って担当者を待つ。また今日もいつも通りのクエストが始まる、そう思っていた。

だけど、今日はちょっと違う。ボーッとしながら待っていると、知らない子が近づいてきた。チラッと横目で見てみると、その子の格好に目がいく。肌は綺麗になっていたけど服の劣化は目に見えて分かった。裾はほつれていて、擦り切れているように見えた。よく見ると小さな穴も開いていた。その恰好を見て、この子が難民だとすぐに分かる。

時々、クエストで難民の子と一緒になることもある。みんな同じような格好をしているから分かりやすい。でも一部では普通の人と変わらない服装をしていた人もいるんだけど、同じ難民でも違うところはあるのね。

この子、すごくオドオドしているわ。もしかしたら初めてなのかしら。なんだかほっとけないわね。

「あんた、初めて？」

気づいたら声をかけていた。その子は「えっ？」と驚いた顔をしてこちらを見てくる。急に話しかけちゃったから驚かせたかな？　もうちょっと優しく声をかければ良かったわ。ちょっと控えめにしていたその子は自分の紹介を始めた。名前はリルか、可愛い名前ね。

話を聞くと、どうやら今日が初めてのクエストらしい。どうりで初めてみる子だなって思ったわ。

「ふーん、今日からなんだ。私はカルー、十二才よ。ところで、あんた難民？」

「……はい」

気になっていたことを聞くと怯えながらも答えてくれた。いやだ、そんなに怖かったのかしら？

なんだか悪いことをしちゃったわね。でも、こういう子って何故かほっとけないのよね。孤児院の子はみんな元気いっぱいだから、こういう子が珍しいっていうのもあるけどね。

それから自分のことを話したり、リルのことを聞いたりした。少しずつ話していくと警戒が薄れていったのか、その子は変に緊張しなくなった。良かった、慣れてくれたのかしらね。そのままリルと会話を楽しんでいると、ゴミ回収の担当者が現れた。

「ゴミ回収の担当だ、待たせたな。お、今日は初見の子がいるな」

「あっ、今日から冒険者になりましたリルです。よろしくお願いします」

担当者がリルに気づくと、リルはお辞儀をして自己紹介をした。そうだ、初めてだから色々と説明しないといけないんだわ。

「ねぇ、班長。この子への説明は私に任せてくれない」

「ん、いいのか？　色々と教えてやってくれ。じゃ、移動するぞー」

ここは先輩の私が教えるのがいいわよね。班長は色々と忙しいし私が代わりにやっても大丈夫。

「リル、とりあえず移動するわよ」

「はい、お願いします」

「ふふ、任せなさい」

リルってば素直でいい子じゃない、孤児院のやんちゃなあの子たちとは全然違うわ。落ち着いて話もできるし、会話だってできるし、なんだか楽しくなってきちゃったわね。はっ、いけない、楽しいのは良いけどしっかりと説明をしないといけないわ。私は歩きながらリルにゴミ回収について説明を始めた。

説明している最中、リルは真剣に話を聞いてくれた。時々復唱もして私の言ったことを覚えようとしてくれたみたい。そんなリルの姿勢がとても好ましくて、ついつい自慢気に話してしまった。可笑しいって思われてないわよね。なんだかリルにちょっと笑われたような気がしたんだけど、気のせいかしらね。

二人で話しながら進んでいくと倉庫に辿り着いた。班長が倉庫を開けると台車があり、それぞれが台車を押して外へと運んでいく。私もリルに説明をして一緒に台車を取った。さて、お仕事の時間ね。

「じゃ、第四区画まで行くわよ」

リルを連れて第四区画まで台車を押して行く。十分くらい歩いていくと第四区画まで到着した。他の人は慣れたように細い路地に入って行くので、私はリルにゴミの回収の仕方について丁寧に話した。リルはのみ込みが早いからか、話した内容を覚えて分からない内容を質問してくる。それが慣れているように見えるのは何故だろう？　難民の生活でもそういうことがあるのかな？

まぁ、今はそれは重要なことじゃないし後回しね。大事なのはリルがちゃんと理解してくれていることだから。仕事内容についてはしっかりと伝えたんだけど、不安そうにしていた。まぁ、初めての仕事だっていうんだから普通はそうよね。何か声をかけたほうがいいかしら？　そう思っていると、リルの表情がしっかりとしてくる。どうやら余計な心配だったみたい。

「じゃ、後でね」

「はい、後で」

そう言って別れた後、もう一度振り返ってみる。すると、リルが笑顔を作っていた。ふふっ、面白いことしてるわね。笑顔を作って何をするのかしら、気になるわね。そう思いつつ、台車を押して路地に入って行く。

路地に入ると鐘を鳴らしながらゆっくりと進んでいく。すると家から人が出てきて、ゴミを箱の中に入れていった。鐘を鳴らして前へ進んで、人が来たら立ち止まってゴミを入れてもらう。その繰り返しを続けていく。そうやって路地の一番奥まで進むと、今度は引き返していく。この路地でゴミが一杯になったから捨てに行かなくちゃね。そうして路地を出ると今度はゴミ捨て場にリルを連れて行くためにその場で待つ。

どれくらい待っただろうか？　路地からリルが現れた。そのリルを呼ぶと嬉しそうな顔をしてこっちに近づいてくる。少し話すとゴミ捨て場に移動を開始した。早く終わらせると自由時間が多くなるから、少しでも早く終わらせないと。私たちはゴミ捨て場まで移動していく。

◇

んー、今日の仕事も終わった。移動の多い仕事だから足が疲れちゃうのが大変なのよね。リルは大丈夫かしら？

リルを見てみるとなんでもないような顔をしていた。それどころか初めての報酬を受け取ってとても嬉しそうにしている。あんだけ嬉しそうなら疲れなんて飛んでいっちゃうわ。でも、お腹は空いているわよね。あんなに動き回ったんだもの、お腹が空かないわけないわ。

そうだ、リルを遅めの昼食に誘うなんてどうかしら。あの様子を見てみると町に入ったのも初めてらしいいし、お店の料理も食べたことないんじゃないかしら。誘ってあげたら喜ぶかもね。私は寂しく一人で食べることもなくなるし、お互いにとっていい提案じゃないかしら。でも、お金の使い道があるかもしれないから聞いた方がいいわね。

「ねーねー、リルー」

「はい、なんでしょう」

「そのお金ってどうするの？　家族に渡したりするの？」

　するとリルの表情が曇った。

「私、家族に見放されちゃったんです。だからこのお金は自分のために稼いだものです」

なんだか聞いちゃいけないことを聞いてしまった気がするわ。すぐに謝ったけど、リルは気にしてない様子だった。何でもなくてよかったわ。それにしても難民にも私みたいな子もいるのは驚いちゃった。そっかリルも私と同じなんだな、そう思うと何かの力になってあげたくなった。リルが困ったことがあったら今度は何かの力になってあげよう。

　今は昼ごはんね。リルを昼ごはんに誘うととても嬉しそうにしてくれた。まるで待ってましたと言わんばかりの勢いで、ちょっと驚いちゃった。ふふ、そんなに喜んでくれて誘ったかいがあったわ。リルを連れて行きつけのお店に移動をする。

　お店についてからのリルは目を輝かせて席についた。よっぽどお腹が減っていたのかしら、食事が出てくるまでそわそわしっぱなしだったわ。働いている時の大人しさはどこへいっちゃったのかしら、ずっとそわそわしていたのが可愛かった。

そうして食事が出てくると目を輝かせて食事を一口食べる。叫びだすんじゃないかって思ったんだけど、そうはならなかった。口を閉じて体をジタバタさせて美味しそうに頬張っていた。

「リル、どう？」

「とっても美味しいよ！　こんなの食べたの初めて！」

パッと笑顔を見せてくれた。本当に嬉しそうにいうものだから、私も自然と笑顔になる。リルはすぐに食事と向き合い、とても美味しそうに食事を口に運んだ。難民ってこういう食事もまともに取れないのかしらね。そう思うと、ちょっとだけ胸が痛む。体も細いしあんまり食べられていないことが分かる。これで親からも見放されているんだから、リルの苦労は計り知れない。

なんだか放っておけないわ。少しでも力になってあげたい、その思いが強くなる。私には守ってくれるシスターたちがいるけど、リルにはいないってことだよね。だったら、少しでも誰かが守ってあげないといけない。私の力なんて全然ないかもしれないけど、一緒に働いているうちは傍にいてあげたいな。うん、決めた。これからリルを見守ってあげることにするわ。

◇

リルが冒険者になってから、私はリルを見守ることにした。冒険者になったっていってもリルはまだ子供なんだから、誰かの付き添いがあったほうがいいと思ったの。と、言っても毎日ゴミの回収クエストがあるわけじゃないから、毎日一緒にいるのは難しかった。ゴミの回収クエストがない日はそれぞれ違う仕事を請け負ったり、リルが仕事を休んだり、私が仕事を休んだりしている。二人の時間が多かったのはゴミの回収クエストの時くらいだ。

困ったことがあったら力になるわ、と意気込んでいたけどあんまりそういうことはなかった。リルってば要領がいいのね、初めは手間取るけど経験した後はそんなことはなくなったわ。だから多少の質問はあっても、こっちから手を掛けてあげることはほとんどなかった。

驚いたのはお金をしっかりと数えられること。私でも計算を間違えることがあるから、計算を一度も間違えないリルが羨ましくなっちゃう。孤児院の勉強もそこそこしかやってなかったから、ある程度しかできない私とは大違いだわ。リルってば不思議な子ね、難民なのにお金を数えられて仕事の時は要領がよくて。

この分だと文字を覚えるのも早いかもしれない、そう思っていた。

ある日の休憩時間にリルが嬉しそうに報告をしてきた。

「カルー、聞いてください。私、文字と記号を覚えることができました」

「えっ、文字と記号って……それ本当？」

「はい！　時間はかかってしまいましたけど、文章を書いて読めるくらいになりました」

文章を書けたり読めたりできるの!?　それって私よりすごいじゃない！

「私でも辛うじて文字の読み書きくらいだけなのに、一体どうやったの？」

「えへへ、それはですね」

リルは嬉しそうに勉強方法を教えてくれた。仕事が終わったら紙に書いた文字を読みながら覚えたり、土に書きながら文字を覚えたりしていたと。勉強期間を聞いてみたら三か月だっていうんだから驚いちゃったわ。三か月で文字も記号も分かるようになるのかしら？　私には到底無理な話だわって思っちゃった。

「でも、文字と記号を覚えてどうするの？」

「実は考えていることがあるんです」

「へー、どんなこと？」

「新しい仕事を紹介してもらうんです」

その話を聞いて私は初め理解できなかった。不思議そうな顔をしていると、リルは順を追って説明してくれる。

「多分なんですけど、他の仕事につくためには必要な能力があると思うんですよね」

「それが文字の読み書きってこと？」

「はい。今とは全く違う仕事がしたいのであれば、今まで使っていなかった能力が必要ってことになりますよね。それで、今やっている仕事に必要がない能力って文字の読み書きなんですよね」

「今は必要ないけど、他には必要あるってことね」

リルがいうには、今までと違った仕事をしたいのであれば、今まで必要なかった能力を身に付けることだと言った。それが読み書きだっていう考えになったのは良く分からないけど、リルは自信満々に言っていたからそうなのだろう。私も違う仕事をしたかったけど、何をどうすればいいのか分からない状態だった。だったら、その能力を身に付けたリルが新しい仕事を見つければリルが言ってたことは当たりっていうことよね。

「新しい仕事、見つかるといいわね」

「はい、その時はカルーにも報告しますね」

「お願いするわ」

努力していた姿は分からないけど、一生懸命に頑張ったんでしょ。だったら見つからない訳ないじゃないの、リルはきっと新しい仕事を見つけてくるわ。ふふっ、先に新しい仕事を見つけるのはどちらが早いかしらね。私も新しい仕事を受けるために、ギルドの人に相談してみようかしら。

その数日後、リルは本当に新しい仕事を見つけてきた。

「実はパン屋の売り子として明日から約半年間、働くことになりました」

ちょっと申し訳なさそうに言ってきたけど、大いに喜びなさいよね！　そりゃ、新しい仕事につくんだから仕事は別々になっちゃって寂しいかもしれないけど、それでも嬉しい話なんだから。その後、どうやって新しい仕事を見つけてきたのか聞いてみた。その話はリルがどれだけ頑張って来たのか分かるもので、その頑張りがあったからこそ仕事が見つかったんだって感じちゃった。

私も頑張ったらリルみたいに新しい仕事を貰えるのかな。相談してみるとリルは私が勉強して文字や計算を身に付けることに賛成してくれた。それに冒険者のランクを上げるのもいいのね。リルってばいつの間にかそんなに詳しくなったのかしら。本当に頼もしくなっちゃって、なんだかちょっと悔しいわ。でも、悔しがってもいられないわ。リルに追いつくために私も頑張らないといけないわ。

ありがとう、リル。リルに出会ったからこそ、私も前に進めそうだよ。リルが頑張ったように私も頑張れそうだよ、自分の未来は自分で掴んでみるわ。

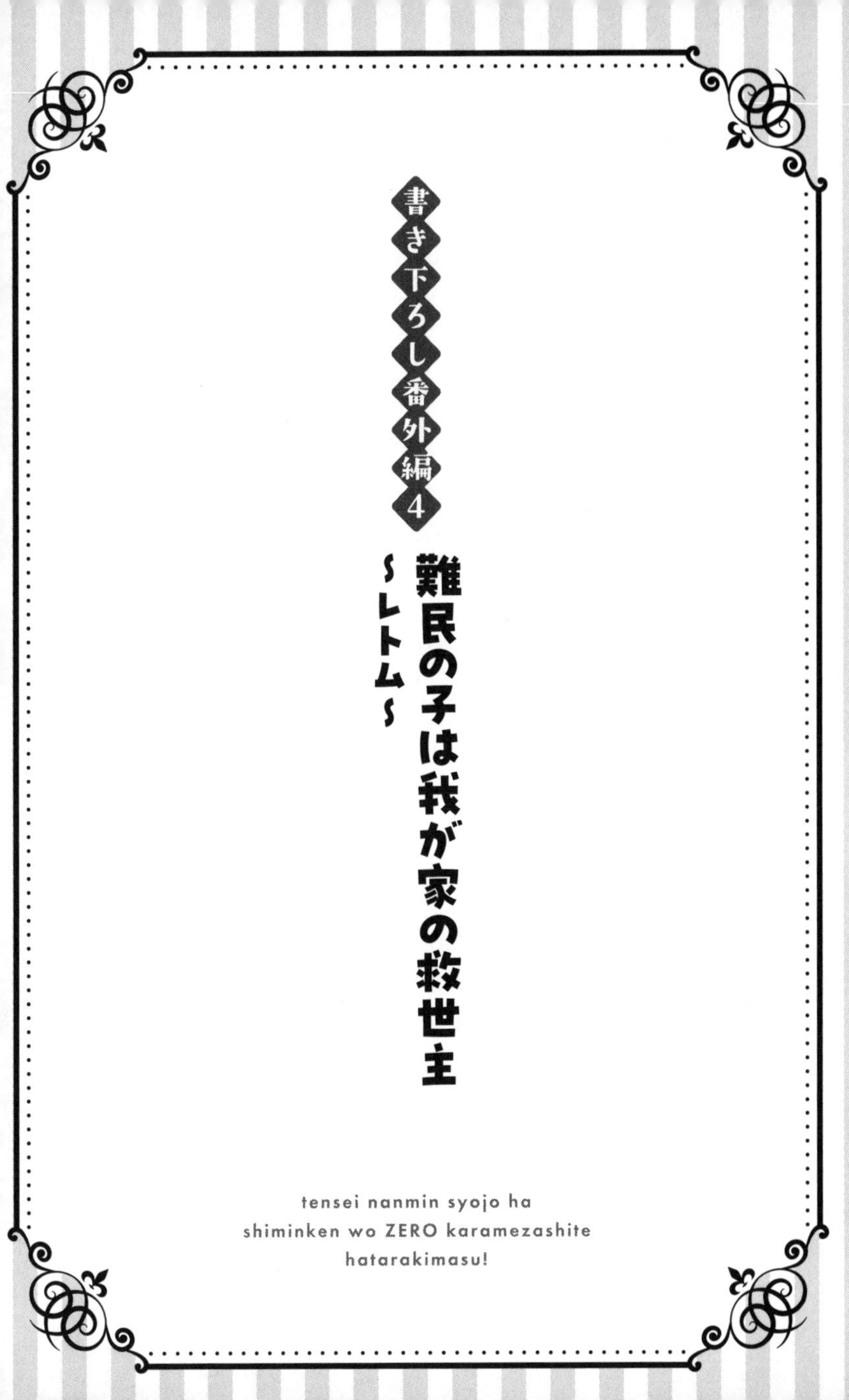

書き下ろし番外編4

難民の子は我が家の救世主 ～レトム～

tensei nanmin syojo ha
shiminken wo ZERO karamezashite
hatarakimasu!

産後の妻が体調を崩して一か月が経った。医者がいうには体調を戻すには長い期間休ませないといけないらしく、パン屋の受付に立つのは以ての外だという。顔色の悪い妻の顔を見ると、どうにかしなければという焦燥感に駆られた。

妻の義母にお願いをして子供の世話と妻の世話をお願いする。義母は快く受けてくれて本当に助かった。俺はパン屋の仕事があるから妻や子供の世話はできない、やりたくてもできなかった。でも、俺一人でパン屋をやるのは無理があった。

パンを作りながらなだれ込んでくるお客の相手をするのはとても大変だ。休む暇もなく動き回り、パンをとりわけ、会計をして、パンをこねて、パンを焼く。一週間も経った頃になると、忙しさに耐えきれず俺の体も悲鳴を上げ始めた。だから俺は冒険者ギルドに求人を出した。そんなに高い報酬にしなかったので低ランクの依頼になるらしい。いい人がくることを祈り、俺は仕事をしていた。

そんなある日、忙しくパンをこねていた時店の外から声が聞こえてきた。

「ごめんくださーい」

「……おう、ちょっと待っててくれ」

「はい」

こんな時間に子供の声がするのは珍しい。パンをこねる手を止めて、布巾で手を拭くと店の奥から店の中へと移動した。すると、玄関先にはみすぼらしい格好をした一人の女の子が立っていた。あの格好はどう見ても町の子供には見えなかった。浮浪児に見えたが、この町の孤児は全て孤児院にいるはずだ。だったら目の前にいる女の子は一体なんだろうか？

「何か用か？」

「冒険者ギルドからきました。こちらが紹介状です」

「どれ、見せてみろ」

なんだと、冒険者ギルドからだと？　こんな子が冒険者だというのか？　そうは見えんが、こんな嘘をついても仕方がないし俺は渡された紹介状に目を通した。そこに書かれてあるのは本当に冒険者ギルドからの紹介状だった。

名前はリル、十一歳か。何、難民の子供だと。そうか、だからこんなにみすぼらしい格好をしていたのか。体も細いのか栄養が足りていないようにも見えるが、本当に冒険者かと疑いたくなるな。文字の読み書きは大人のようにできる、と？　こんな子供が、ましてや難民の子がそこまでできるのか……信じられんが冒険者ギルドがいうんだから確かなんだろう。

数字の計算は速く正確で、冒険者ギルド内で実施したテストを満点で合格しました、か。この子はそんなにすごい子なのか、全然そんなふうにみえないが。どれ、少しこっちでもテストをしてみるか。

「計算が得意なのか」

「はい」

「……百ルタのパンが八個、百六十ルタのパンが三個でいくらだ」

「えっと、千二百八十ルタです」

「……正解だ。なるほど」

驚いた、本当に計算が得意なようだ。事前に答えを用意する時の俺よりも断然速い、どうやらこの紹介状に偽りはないようだ。計算は大丈夫そうだし、あとは服装だな。その格好じゃ、店に立たせることは……ん、服は買い替えてくれるのか。それはありがたいな、流石にその格好で店に立たれたらお客が逃げてしまいそうだ。

計算も大丈夫、格好も大丈夫、口調も今のところ問題ないな。だったらこの子に決めてしまうか？　冒険者ギルドからお墨付きを貰った子だ悪い子ではないだろうし、能力だって問題ない。ただ子供というのが気になる点だが、今後大人が来るとは限らないしな。うん、この子に決めよう。

「俺の名はレトム、このパン屋の主だ」

「私はリルっていいます。この町の住人ではなくて、難民です」

「そうらしいな。だが、難民でも格好さえ気を付けてくれればいい。服はこれから買ってくれるんだよな」

「はい、買い替えます」

待てよ、難民だったらどこで服を買っていいのかも分からないんじゃないか？　だったら、オススメのお店を教えてやろう。

「服だったらしっかりしていれば古着で十分だ。この通りより一本向こう側の通りに古着屋があったはずだから、そこで買うといい」

「ありがとうございます」

あそこだったら難民でも買える値段の服があったはずだ。俺もお世話になっているし、問題ないだろう。

「あの、もしかしなくても採用ですか」

「あぁ、そうだ。早めに働いてくれる人が欲しかったから、そういう意味だ」

ん、意図が伝わっていなかったか。人と話すのは難しいな、はっきりと言わないと分からなかったか。人を雇うんだ、俺も気を付けないといけない。いつも気づいてくれる妻がいない分、色々と気を使わなければな。

「期間は半年以内っていうことでしたが、具体的にいうといつくらいまでになるんでしょうか」

「俺の妻が産後の状態が良くなくてな、働けない状態になってしまったんだ。医者がいうには半年くらいは安静にしておいたほうがいい、と言っていた。だから、妻が働けるようになるまでだ」

「分かりました」

質問をしてくれるのはありがたいが、俺からも積極的に話さないといけないな。あと、話すことは……。

「いつから働けばいいでしょうか」

「明日は店の定休日だから、明後日から頼めるか」

「分かりました。こちらは朝日と一緒に起きて、配給を作って食べて、一時間くらいかけて町に来ます。開店まで間に合うでしょうか？」

「それくらいなら大丈夫だ。もし開店まで到着しなくても、朝一は俺一人でもなんとかなるから。とりあえず、明後日にどれくらいの時間に来られるか分かってからでいい」

質問が助かるな、正直言って何を言ったらいいのか分からない。こんなことじゃだめだ、この子が働いてくれる時までに話すことを考えておかないとな。

「具体的な仕事の内容はパンの陳列、お客への対応、大量買いの対応、会計、店と外の掃除くらいだ。もしかしたら、中の手伝いもしてもらうかもしれない」

「分かりました」

「詳しいやり方は当日やって見せるから覚えてほしい」

「はい、明後日よろしくお願いします」

とりあえずこんなところか。少し話してみたが中々良い子じゃないか。口調も丁寧だし態度も悪くない、この分なら店頭を任せられるかもしれないな。そうしたら俺は店の奥でパン作りに集中できるからありがたいんだが。こればかりは当日になってみないと分からないな。優先順位はこの子が店頭でしっかりと仕事ができることだ、そうしないといくらパンを作っても売らなきゃ意味がない。

その子はお辞儀をするとお店から出て行った。明後日か、よし今日を頑張って乗り切るか。

◇

今日からリルが来る。まだ薄暗い時間から店に下りるとパン作りを開始した。朝は食事パンが一番売れるから丸パンしか作っていない。材料をボールに入れて混ぜた後はひたすらこねる。これたら千切って丸めて鉄板の上に並べた。それが終わると生地を少し休ませつつ、窯の準備をする。薪を燃やして窯の中に入れ、扉を閉めて窯が温まるのを待つ。

ここでまた次焼くためのパンを作り始める。その間に窯は温かくなり、外は日が昇っていく。パン作りの手を止めて窯の温度を確認する、できたみたいだ。早速鉄板を入れてパンを焼いていく。焼いている間は他のパンをこねて丸めてまた鉄板の上に並べる。それが終わると焼いているパンの様子を見る、あともう少しだ。窯の前で立ちながらパンが焼けるのを待つ。

しばらく待つと、再び扉を開けてパンの様子を確認する、今度はしっかりと焼けたようだ。鉄板を取り出して冷ますために棚に置いておく。今度は新しい鉄板を入れてまたパンを焼き始める。この次に焼くパンの準備は終わっているから、ここでようやく一休憩ができた。イスに座って深く呼吸をすると、腕を組んで目を瞑る、仮眠を取る。

そろそろか、体に染みついた感覚のお陰でパンが焼ける時間が分かっている。イスから立ち上がり窯を覗くとパンは焼き上がっていた。鉄板を取り出し棚に置くと、また新しい鉄板を入れる。よし、新しいパンを作るか。再びボールの中に材料をいれて混ぜ始めた。

「おはようございます、リルです」

店の中から声が聞こえてきた。一旦手を止めて布巾で手を拭くと、店の中へと行く。そこには白いブラウスと青いスカートを穿いたリルがいた。この格好だと普通の町の人に見えるな、問題ない。肌も綺麗に整えてくれているし、パンを扱うには合格の格好だ。

「おはよう。思ったよりも早くこれたな。今日からよろしく頼む」

「こちらこそ、よろしくお願いします」

早速リルに仕事の説明をした。昨日のうちに話すことをまとめたからスラスラと言葉が出て行く。リルは一つ一つの説明をしっかりと聞き復唱していた。その顔付きは真剣なもので、子供ではなく大人のようにも思えてしまうくらいだ。まぁ、子供なのに大人な訳が無いか。全てを説明し終えても混乱した様子はなく、聞いたことを思い出しているような顔をしていた。この分だと大丈夫そうだ。

一度店の奥へと戻ると冷めたパンをカゴの中に入れる、それを二つ分だ。両手でその籠の取手を持ち、店の中へと移動する。

「これがパン百個だ。そろそろもう五十個焼ける。その後、また百個焼いてそれで朝のパンは終了だ」

籠を中央の台に置くとリルは驚いた顔をして籠をみた。難民だからこんな量のパンを見たのが初めてだったんだろう、目は輝いて見えた。このパンがあっという間になくなるのを見ると、もっと驚いた顔をするのだろうか。いや、そんな暇はないな、朝は本当に戦争なんだからな。リルに店を頼むと俺は奥に戻った。窯を確認してみるが、まだ焼けていない。なら、パンをこねるか。

パンをこね始めると、早速一人目の客が来たようだ。接客はしっかりできるのか奥のほうから眺めていると、リルのやり取りは滞りなく進みパンを売ることができた。難民だからと何もできないんじゃないかと心配していたんだが、そんなことはなさそうだ。それどころかリルの落ち着きようは町の子供でも中々身につくものじゃない。リルが特別なのか?

パンを丸めていると、店の中に次々と子供たちが入ってくる。どうやら始まったみたいだな。もし対応できなくなったら出て行って手伝おうか。そう考えていたんだが、リルは怒涛のように押し寄せてくる子供たちを順調にさばいていった。慌てる様子はなく、一人ずつ対応したり、二人いっぺんに対応したりと朝の忙しさに順応していく。

俺も自分の仕事をしなくてはな。焼き上がったパンを取り出し、また新しいパンを焼き始める。

パンを丸めて鉄板の上に並べて休ませておく、その間に冷めたパンを店の中へと持っていく。リルは忙しそうに子供たちをさばき、俺はカゴに新しいパンを入れてまた店の奥へと戻る。リルは忙しそうにしているが今のところ大丈夫のようだ。本当に難民か？　と疑いたくなるような良い接客を見ていると、俺も負けじとパンを作り続ける。

リルの働きは素晴らしかった。朝の子供たちが大勢やってくる時間帯を忙しなさそうにしながらも、特に問題なくさばききった。終わった後に声をかければ、ちょっと疲れたような顔をしているだけだ。混乱もなく失敗もなく終えられたのは、リルにそういう能力があったからだろう。難民だと侮っていた部分はあったが、どうやら俺が間違っていたようだな。少しの休憩を挟んだ後に昼のパンが焼き上がった。昼の仕事の話も真剣に聞き、俺の言葉が足りない所はしっかりと質問してくる。一日目から頼もしい従業員だな、俺のほうが助かっている。すっかり俺も気を許してしまい、店を任せてパン作りに集中できた。最近は集中できないことがあってパンの出来がいまいちだったからリルが来て助かっているな。

久しぶりにパン作りに集中できる時間、黙々と作業を続けていくと次々にパンが焼き上がっていく。焼き上がり熱が冷めると、今度はリルにパンを並べてもらう。その焼き上がりの匂いを嗅いで目を輝かせるところを見ると、子供らしい部分もあるんだなと年相応だと思った。今日の昼食に木の実パンをつけてやろう、喜ぶといいな。

それから昼のパンを全て焼き上げると、早めの昼休みだ。一日目から店を一人で任せるのは気が引けるが、あの様子を見る限りは大丈夫だと思う。それに昼の客は奥さん方がくる時間帯だ、悪い人はいないと思うがリルの子供の見た目に気を使ってくれるだろう。何かあったら俺が責任をとればいいしな、リルには頑張ってもらおう。リルに昼に入ることを告げて、俺は一足先に昼休憩に入った。

店の奥にある階段から上に上がる、二階と三階が住居スペースだ。その二階には台所とリビングがあり、そこには義母がいた。

「お疲れ様、お昼ご飯できているよ」

「ありがとうございます」

「私は上に行って娘と赤ちゃんを見てくるから、ゆっくり休んで」

「はい」

気を使わせて悪いが、疲れているから助かる。

「そうそう、難民の子はどうだったんだい？　ちゃんと仕事はできていた？」

「驚くほど要領がいい子で一言言えば理解してくれます。それどころか説明不足なところを率先して聞いてくれるので、俺が助かってます」

「まぁ、そうなのかい。難民の子って聞いた時、仕事ができるか不安だったんだけど良い子で良かったね。でも、子供なんだから無理はさせたらだめだよ」

「そのつもりです」

義母はそう言って三階へ行った。俺はイスに座りテーブルの上に用意してくれた食事に手をつけ始める。働いた体に染み渡るスープの旨味が少しだけ疲れを癒してくれるようだ。茹でたてのソーセージを一口食べると、肉汁の旨味が口に広がって体から力が湧いてくる。そうやって黙々と食事を食べ進めて、あっという間に完食してしまった。食べ終わると台所で皿を洗い、離れた位置に置いてあるソファーに腰掛ける、ここが俺の定位置だ。

そうして目を閉じて疲れた体を休ませる。深く息を吸って、ゆっくり吐く。深く寝入らないように気を付けながら、体の力を抜いて体を休ませる。

しばらく休んだ。体の疲れは全部は癒えなかったが軽くなった気がした。目を開けてゆっくりと立ちあがると大きく背伸びをする。久しぶりにしっかりと休んだ感覚は気持ちが良く、午後の仕事も頑張れそうだ。さて、リルの昼食を持って行かないとな。俺は台所に立ち、発火コンロのスイッチを押した。発火コンロの上には先ほど俺が食べたソーセージのゆで汁がそのまま残されている。その中にソーセージを入れて温める。

コトコトとソーセージがゆで上がると、トングで掴んで皿に盛る。今度はスープだ、台所に置かれている鍋と取り換えて温め始めた。その間にお盆を用意してその上にソーセージののった皿とスープの入れ物も配置する。お玉でスープをかき混ぜていると、スープが温まってきた。発火コンロの火を止めて器にスープを盛る。後は下に置いてあるパンをのせれば完成だ。

お盆を持って階段を下りると、棚に置きっぱなしの木の実パンをお盆にのせた。そのお盆を小さなテーブルに置いておく、それからリルに声をかけた。

「待たせたな。あそこのテーブルに昼食を持ってきたから適当に休んでいてくれ」

「ありがとうございます」

「時間は一時間だな。あそこに時計があるから長い針が一周してきたら、休みは終わりだ。その間は俺が受付をやってる」

「分かりました」

受付を交代するとリルは店の奥へと移動した、俺はカウンターに立ってお客を待つ。そういえば、問題がなかったか聞くのを忘れてしまったな。でも、あの様子だと問題はないように見える。昼の仕事も順調にこなしていたんだろう、平常心のままでとても心強いな。チラッと後ろを向くとリルは美味しそうにパンを頬張っていた。他人が美味しそうにパンを食べるのを見るのはいいな、パン作りのかいがある。

◇

店の奥で俺がパンを作り、店の中でリルがパンを売る。作業の途中でリルを見ていたが、接客は問題なかった。それどころか妻よりも丁寧な口調で聞いていて気持ちがいい。お客も不満があるどころか好印象な様子で安心した。夕方の時間も忙しそうにしていたが、完璧な接客をしてお客に満足して帰ってもらっている。欲しかったパンが売ってなかったお客にはしっかりとした対応をしていて驚いた。あんな言い回し方があったんだな。

辺りが夕方になる頃になると客足が途絶える、こうなると客は来なくなるので閉店の準備だ。リルに閉店の仕方を教えると、テキパキと素早く終わらせていく。本当に今日が初めて働いた日か？と疑うほどにリルは良く働いてくれる。俺よりも早く閉店の準備を終えた。リルに呼ばれて店内を見てみるとゴミのない綺麗な店内に見えて気持ちが良かった。ここまで綺麗にしてくれて本当にありがたい。

今日一日の仕事の感想を聞くと、大きな失敗もなく仕事を終えられて良かったと言ってくれた。初日なのに慌てる様子もなく丁寧に接客していたのを見ていたからその通りなんだと思う。この様子だと仕事は問題なくできるだろう、このまま引き続き雇うことに決めた。

仕事が終わったので約束のパンを持ち帰らせる。専用の袋にパンを入れて渡すと、とても嬉しそうにしてくれた。リルがエプロンを外したので、それを受け取ると、リルはお辞儀をして小走りで店を出て行く。俺はその後ろ姿を見守り、店の扉を閉めて鍵をかけた。今日の仕事はこれで終了だ、店の奥へと戻り階段を上って二階に行く。義母も帰った頃だろう、一人で夕食を食べて……と思っていたが、二階には妻が下りて来ていた。

「レトム、お疲れ様」

「二階に下りてきて大丈夫なのか？」

「一緒に食事を取ろうと思って。あの子ならぐっすり寝ているから大丈夫よ」

「そうか、なら一緒に食事をしようか」

「用意するから席で座って待ってて」

俺が席につくと、体調の悪いはずの妻がゆっくりとした動作で義母が用意してくれた食事をよそう。静かに皿がテーブルに置かれると、妻はゆっくりと自分の席に座った。

「今日から働いた子、どうだったの？」

「問題ないどころか、会計も接客もいうことなしだった。初めての仕事日だったのに落ち着いて仕事ができていたのはすごいと思う」

「難民だからって何もできないっていうわけじゃなかったのね。良かったわ、これで安心して休めるわ」

「あぁ、難民を見誤っていた。子供なのに大人のような接客態度だったし、聞いていて不快はなかったな」

「それは頼もしいわね。子供でそれだけできるのなら、色々と任せられるわね。あなたもパン作りに集中できていいわね」

食事をしながらリルのことを話した。難民だからと町の人たちと比べていたところはあったが、全然問題ないどころか頼もしくて驚いたくらいだ。妻もそのことで不安に思っていたが、俺の話を聞きひとまず安心してくれた。リルの仕事への姿勢を見ていたが、本当に頼もしい限りだ。これで明日も安心してパン作りに集中できるだろう。リルに来てもらって本当に良かった。

◇

リルの働きぶりは評判だった。丁寧な接客と間違いのない会計計算、時間があればちょっとした雑談も交える人当たりの良さ。日に日にお客の態度が軟化しているようで、店の奥まで時々笑い声も聞こえてくるほどだ。その雰囲気の良さからパンの売り上げが少し上がったり、時間によっては売り切れも出るほどだった。

店のことを全面的に任せられるようになって、商品であるパンも少しずつ多く作れるようになった。作ったパンをリルが売ると次々と売れてくれる、商売的にも助かっている。リルが来てから店の売り上げが上がったのはいうまでもない。

順調に店が軌道に乗っていくと、妻の容態も日に日に良くなってきた。初めの頃は無理に作っていた笑顔も今では自然と笑えるようになっている。これも仕事を休めているおかげ、リルがきてくれたおかげだ。赤ちゃんもすくすくと育っていき、面倒事を引き受けてくれる義母にも感謝だ。

リルが来て、家の中も店の中も明るい雰囲気に包まれた。なんだかリルに救われたみたいだ、そう思わずにはいられなかった。

あとがき

初めまして、鳥助と申します。この度は「転生難民少女は市民権を0から目指して働きます！」をお手に取って頂き、本当にありがとうございました。この作品を書き始めた頃は書籍化なんて考えず、自分の書きたいものを書きたいように書いていました。書くの楽しい、投稿楽しい、そんな楽しい日々に突如として書籍化の話が舞い込んで来ました。当時は飛び上がるくらいに驚いて、信じられませんでした。

書きたいものを書いた、と言いましたが元になった話は「転生難民少女」とは全く違う内容でした。元になった話は私個人が勝手に脳内で展開していた物語になります。もし、その空想の中の物語にタイトルを付けるとしたら「世知辛い成り上がり」だったでしょう。

元になった空想の中の物語はとにかく世知辛いことのてんこもりでした。「転生難民少女」では食べ物は配給されていましたが、元の物語にはそれがなかったのです。だから、食べるものは全部自分で見つけなければなりませんし、自分で調理をしなければなりません。食糧を得られない日とかもありますし、毎日食糧のことで頭が一杯で現状を改善する余裕すらなかったのです。

大きく違うところもあります。それは、出会う人々のことです。「難民転生少女」では出会う人たちがいい人ばかりで、それでリルが生きていけるようなところがあります。ですが、元の物語は出会う人たちが良くない人ばかりだったのです。例えば集落の中ですと、同じ難民の人たちは冷たくて、リルの世話なんて焼きません。難民同士も協力し合わず、それぞれが自分のためだけに動きます。

町の中でもそうです、冷たい人どころか悪い人ばかりでした。リルが折角稼いだお金を盗もうとしたり、恫喝や脅迫をされたり、騙したりと散々なことが沢山あります。その中で七転八倒をしながらも、地道に自分の生きる道を探して進んでいく、というのが元の物語になります。

実際、物語を書こうと思った時に「こんなに世知辛いことばっかりじゃ苦しい。もっといい話にしたい」という思いが芽生えて、今のような「転生難民少女」の話に変わりました。空想していた頃と大分話の内容は変わりましたが、今の物語が大好きです。リルが一生懸命に頑張りながら現状を良くして、周りの人の協力を得ながら進んでいく温かい物語は書いていても癒されます。「転生難民少女」を読んでくださった皆様はどんな感想をもったのでしょうか。よろしければ、ご感想を頂けるととても嬉しいです。

「転生難民少女」に関わってくださったTOブックスの関係者の皆様、編集担当のH様、本当にありがとうございました。特に編集担当のH様には様々な助力をしていただき、「転生難民少女」を出版まで辿り着くことができました、重ねて感謝申し上げます。

素敵なイラストを描いてくださったnyanya様、本当にありがとうございました。想像でしかなかったリルたちの姿が目の前に現れた時の感動は忘れません。沢山の可愛いイラストを描いてくださり、ありがとうございました。

小説投稿サイトで「転生難民少女」を見つけて読んでくださった読者様方にも厚くお礼を申し上げます。数多く存在するの小説の中で見つけただけじゃなくて読んでくださったこと、本当に嬉しく感じています。これからも投稿していきますので、続きを追ってくださったらとても嬉しいです。

見守ってくれた家族へ、みんなが温かく見守ってくれたお陰で「転生難民少女」を書くことが出来ました、本当にありがとう。

最後に、「転生難民少女」を手に取ってくださった方へ心から感謝申し上げます。二巻で会えることを楽しみに待ってます。

冒険者ランクEにランクアップしたリル。
次に挑戦するクエストは魔物討伐!?
異世界のんびり冒険ファンタジー！

転生難民少女は市民権を0から目指して働きます！

鳥助 Torisuke illust. nyanya

2024年 第2巻 発売予定!!

次回予告
まずは
スライム退治から
がんばるぞー！
「気をつけてくださいね」
「リルならできるわ！」

転生難民少女は市民権を0から目指して働きます！

2023年11月1日　第1刷発行

著　者　鳥助

発行者　本田武市

発行所　TOブックス
〒150-0002
東京都渋谷区渋谷三丁目1番1号　PMO渋谷Ⅱ　11階
TEL 0120-933-772（営業フリーダイヤル）
FAX 050-3156-0508

印刷・製本　中央精版印刷株式会社

本書の内容の一部、または全部を無断で複写・複製することは、法律で認められた場合を除き、著作権の侵害となります。

落丁・乱丁本は小社までお送りください。小社送料負担でお取替えいたします。

定価はカバーに記載されています。

ISBN978-4-86699-965-4
©2023 Torisuke
Printed in Japan